edition atelier

WOLFGANG POPP

WÜSTE WELT

ROMAN

edition atelier

That is life. That's what it is. People like me come along, when you are not looking.
The Drop (Regie: Michaël R. Roskam)

In the desert he can make himself invisible and travel at the speed of sound. And he is dressed like a woman.
Jauja (Regie: Lisandro Alonso)

Ich wollte irgendwohin, wo Bäume waren.
Alejo Carpentier, Die verlorenen Spuren

Schwarz. Ohne Zucker.

Die Stewardess schenkt den Kaffee ein und reicht mir die graue Plastiktasse.

Schlanke Finger, die Nägel kurz geschnitten, farblos lackiert. Menschen mit schönen Händen haben bei mir einen Vertrauensvorschuss.

Waren Sie vor einer Woche auch auf diesem Flug, frage ich sie.

Sie sieht mich an, versucht wohl abzuschätzen, ob das eine billige Anmache sein soll.

Nein. Bis letzte Woche bin ich Transatlantik geflogen, sagt sie. New York. Boston. Chicago. Ich bin heute das erste Mal nach Agadir im Einsatz. Warum?

Nicht so wichtig, sage ich. Es geht um einen Bekannten.

Sie nickt, löst die Bremse des Servierwagens und schiebt ihn eine Reihe weiter.

Ich greife zur Innentasche meiner Jacke. Spüre das Foto meines Bruders. Und lasse es, wo es ist.

Vier Stunden Flug bis Agadir. Die rote Erde im Norden Spaniens, die Turbulenzen, während wir an der Costa Brava entlangfliegen, die Windräder auf den Hügeln hinter Valencia. Und nur wenig später Berge, die aussehen wie Haufen aus Staub. Es ist mindestens zwei Jahre her, dass ich irgendetwas von meinem Bruder gehört oder gesehen habe. Und dann plötzlich vor einer Woche dieses geheimnisvolle SMS.

Der Flug vergeht überraschend schnell. Mich stört nur mein eingerissener rechter Daumennagel, passiert in der Früh beim Packen, und ich fahre unentwegt mit dem Zeigefinger über die Stelle. Als die Stewardess mit den schönen Händen vorbeikommt, bestelle ich noch einen Orangensaft.

Ich habe nachgefragt, sagt sie, als sie mir den Plastikbecher reicht. Keine meiner Kolleginnen ist heute vor einer Woche an Bord gewesen. Tut mir leid, dass ich Ihnen nicht weiterhelfen kann.

Wäre nicht notwendig gewesen, sage ich. Aber vielen Dank.

Hat schon seine Richtigkeit, dass Menschen mit schönen Händen bei mir einen Stein im Brett haben.

Wir drehen kurz vor der Küste und sinken dann langsam im Gegenwind. Die Wolken werden immer dichter. Als wir landen, ist der Himmel bedeckt. Die Grenzbeamten im Flughafengebäude agieren mit einer abweisenden Ernsthaftigkeit. Jeder einzelne von ihnen ein Gott, schwer damit beschäftigt, die Welt am Laufen zu halten. Keine Ahnung haben die, dass mein Bruder derjenige ist, der macht, dass die Welt sich dreht. Und zwar um ihn und ausschließlich um ihn.

Die Autovermietung befindet sich in einer winzigen Koje. Hinter dem Tresen sitzt ein Mann und liest Zeitung: Er ist Ende fünfzig, hat kurz geschnittenes, grau meliertes Haar und trägt einen gelben Pullover. Er schiebt mir ein Formular und einen Kugelschreiber herüber. Ich fülle das Blatt aus und drehe es dann so, dass er meine Angaben lesen kann. Tippe mit dem Kugelschreiber auf meinen Nachnamen.

Hat vor einer Woche ein Mann mit diesem Namen ein Auto bei Ihnen gemietet?

Ich bin sein Bruder, sage ich noch, als er mich zögernd ansieht.

Der Mann öffnet eine Schublade und holt einen Aktenordner heraus. Er blättert vor und zurück. Die gleiche rituelle Langsamkeit wie die Grenzbeamten vorhin. Schließlich bleibt er bei einer Seite hängen, an der er vorher bestimmt schon zweimal vorbeigeblättert hat.

Ach ja, sagt er, jetzt erinnere ich mich wieder. Übers Internet hat er den Wagen für zwei Wochen bestellt, aber als er dann hier war, hat er gemeint, er braucht den Wagen länger, vielleicht sogar bis zum Sommer.

Geht das denn, frage ich. Ein Auto zu mieten und kein genaues Rückgabedatum zu nennen.

Warum nicht, sagt der Mann, wir haben seine Kreditkartennummer, er kann das Auto haben, so lange er will.

Ist was mit Ihrem Bruder, fragt er dann noch.

Nein, sage ich und denke: nicht mehr als sonst.

Dann verlangt der Mann Pass und Führerschein von mir, beugt sich wieder über das Formular und vergleicht die Angaben. Er gibt mir die Ausweise zurück, zusammen mit dem Autoschlüssel und den Papieren, und erklärt mir den Weg zum Parkplatz.

Ich bedanke mich, nehme meine Tasche und gehe zum Ausgang. Gerade als sich die Schiebetür öffnet, höre ich, dass mir der Mann etwas nachruft. Er lehnt sich weit aus seiner Koje und winkt mit einem Buch in der Hand.

Das hat Ihr Bruder liegen gelassen. Als er den Wagen gemietet hat.

Er gibt mir das Buch. *Ein Schritt ins Leere.* Ein Agatha-Christie-Roman, von dem ich noch nie gehört habe.

Das ist nicht von meinem Bruder, sage ich.

Doch, bestimmt, sagt der Mann.

Nehme ich das Buch eben mit. Auch wenn ich mit Sicherheit weiß, dass es nicht meinem Bruder gehört. Der liest nämlich keine Romane. Hat er noch nie gemacht. Lieber sich in der Welt verlieren als zwischen zwei Buchdeckeln, das war immer sein Motto.

Danke, sage ich und rolle das Buch zusammen, sodass es in meine Jackentasche passt. Ich werde es wegwerfen, sobald ich außer Sichtweite bin.

Der Parkplatz ist klein, es gibt nur eine Reihe mit Mietautos. Ich finde den Wagen auf Anhieb und verstaue meine Tasche im Kofferraum, meinen kleinen Rucksack stelle ich auf den Beifahrersitz. Ich starte, und als ich den Gang einlege, spüre ich Agatha Christie in meiner Jackentasche. Ich stelle den Motor wieder ab, ziehe das Buch hervor und blättere die Seiten durch. Da ist nichts. Keine Notiz, kein eingelegter Kassenzettel, kein Foto. Doch dann finde ich hinten auf der Innenseite des Buchdeckels eine Eintragung. *Hotel Salama, Tafraoute.* Und es ist wirklich die Handschrift meines Bruders.

Ich suche die Straßenkarte aus meinem Rucksack, die ich in Wien noch gekauft habe. Ziehe mit dem Zeigefinger eine immer größer werdende Spirale um Agadir auf der Suche nach diesem *Tafraoute.* Da ist es, liegt mitten in einem Gebirge, das Antiatlas heißt. Antiatlas. Das passt so was von gut zu meinem Bruder. Der ist auch ein *Anti.* Ein Mann, der alles anders macht als die anderen. Einer, der aus Prinzip auf der anderen Seite steht, dort, wo das Gras grüner ist. Dieses *Tafraoute* liegt geschätzte hundertfünfzig Kilometer südlich von hier. Es ist erst früher Nachmittag. Selbst bei schlechten Straßenverhältnissen sollte ich es heute noch bis dorthin schaffen. Und wenn es tatsächlich ein *Hotel Salama* in diesem *Tafraoute* gibt, werde ich die Nacht dort verbringen. Und dann weitersehen.

Die Straße führt anfangs noch eben dahin. Es ist windig. In den Stacheln der Feigenkakteen hängen blaue und rosa Plastiksäckchen. Dann steigt das Land langsam an, die ersten zaghaften Serpentinen. Am Straßenrand niedere, gerade einmal kniehohe Steinmauern, dahinter vereinzelt Bäume, steinalt und knorrig, mit seltsam nadeligen Blättern. Ziegen stehen auf ihren Hinterhufen und versuchen, die olivenartigen Früchte an den Ästen zu erreichen. Dann tauchen am Horizont rote Granitfelsen auf, und die Straße wird immer schlechter. Einmal muss ich zwanzig Minuten warten, weil ein Bagger ein tiefes Loch im Asphalt zuschüttet.

Dann wird es wirklich steil, die Serpentinen immer enger, nach endlosen Kehren erreiche ich eine Passhöhe. Kein Baum, kein Strauch, eine Landschaft aus Stein und Erde, in Rot und Braun und allen Schattierungen dazwischen. Ich stelle den Wagen ab und steige aus. Aus irgendeinem Grund bin ich mir sicher, dass mein Bruder hier auch Halt gemacht hat und beginne deshalb den Boden abzusuchen. Mit den Schuhen schiebe ich Steine zur Seite, entdecke aber nur ein Stück Zeitung, alles auf Arabisch, sonst ist da nichts. Ich gehe vor zur Geländekante, wo der Hang steil abfällt. Die Sonne kommt heraus, und ich sehe vor mir etwas glitzern. Vorsichtig rutsche ich über das Geröll hinunter. Fehlt noch, dass ich mir hier den Knöchel breche. Kurz verliere ich wirklich das Gleichgewicht, fange mich aber im letzten Moment. Der glitzernde Gegenstand ist eine Sonnenbrille. Ein Glas fehlt, das andere ist gesprungen, aber ich erkenne sie trotzdem gleich wieder. Die Brille hat unserem Onkel gehört, und mein Bruder hat sie nach dessen Tod meiner Tante abgeschwatzt. Als Erinnerung, wie er damals zu ihr gemeint hat, obwohl ich wusste, dass unser Onkel meinem Bruder immer völlig gleichgültig gewesen ist. Ihm hat einfach die Brille gefallen. Meine Tante hat sie ihm geschenkt. Zusammen mit fünfhundert Euro, die sie ihm aus Rührung gleich dazugegeben hat. Ich habe ihr nichts abgeschwatzt, bin nur still dabeigestanden und habe dafür einen abschätzigen Blick von ihr geerntet. Stumm haben mir ihre Augen meine Kaltherzigkeit vorgeworfen, dass ich ohne ein Andenken an meinen Onkel auskommen konnte. Geld habe ich natürlich auch keines gesehen, dabei hätte ich es gut brauchen können damals. Mir war die Sache einfach zu blöd. Meinem Bruder nicht. Der versteht es, den Menschen das zu geben, was sie sich erwarten oder erhoffen, wenn er dafür das bekommt, was er will. Was gibt es Schöneres, als dass alle glücklich sind, hat er einmal gesagt, ganz ohne Ironie.

Für meinen Bruder war die Brille heilig. Sommer und Winter, Tag und Nacht, Sonne und Regen, er hat sie immer bei sich gehabt. Wenn er sie nicht getragen hat, dann steckte sie in der Brusttasche seines Hemds. Ich kann mich jedenfalls nicht erinnern, ihn danach nur ein einziges Mal ohne diese Brille gesehen zu haben. Deshalb wundert es mich, dass sie hier zerbrochen auf dem Boden liegt. Eigentlich habe ich mir schon vor Jahren vorgenommen, mir keine Sorgen mehr um meinen Bruder zu machen. Weil ihm ohnehin nie etwas passiert. Die größten Dummheiten hat er schon angestellt, und nie ist etwas schiefgegangen. Das habe ich lange genug gemacht, ihm nachzulaufen, wenn er dabei war, etwas auszuhecken, um dann dieses unerträgliche Grinsen von ihm zu ernten und zu hören, dass er alles unter Kontrolle habe. Ich bin dann jedes Mal Flüche in mich hineinmurmelnd davon, habe mir geschworen, ihm nie wieder nachzurennen, bis zum nächsten Mal. Eigentlich hilft nur, nichts von ihm zu wissen. Nicht zu wissen, was er als nächstes vorhat, oder am besten gar keine Ahnung zu haben, wo er überhaupt war. Aber da bin ich nun einmal, die zerbrochene Brille bedeutet nichts Gutes, und so rutsche ich eben den Hang weiter hinunter, weil er ja da unten liegen könnte, gestolpert und abgestürzt, den Knöchel verstaucht, das Bein gebrochen, das Gesicht aufgeschlagen, und sehe zwar die Worte vor mir, *verstaucht, gebrochen, aufgeschlagen,* aber keine Bilder des blutenden oder Schmerzen leidenden Bruders, weil ich es ja selbst nicht glauben kann, weil es diese Bilder auch nirgendwo gibt, nicht in meinem Kopf und wahrscheinlich auch nicht in dem Kopf irgendeines anderen Menschen, eine Undenkbarkeit, mein Bruder verzweifelt oder hilflos.

Der Hang wird felsiger, und ich muss meine Hände zu Hilfe nehmen. Ein Stein bricht unter mir weg, und als ich den Sturz abfangen will, schürfe ich mir die Hand auf. Nur ein leichtes Brennen, aber als ich mir die Wunde ansehe, merke ich, dass sie doch einige Millimeter tief ist. Ich fingere ein Taschentuch aus meiner Hose und mache sie mir blutig dabei. Ich wickle es um den offenen Finger und klettere weiter bis zum Talboden. Wäre mein Bruder wirklich abgestürzt, dann müsste er hier irgendwo liegen. Da ist aber nichts. Auch keine Blutspuren oder Gewandfetzen sind zu sehen. Ich setze mich einige Minuten auf einen Felsblock und verschnaufe, weniger von der Anstrengung, mehr von dieser Situation, dass ich wieder einmal sein *Was hast du, ist doch alles unter Kontrolle* in meinem Kopf höre. Als die Stimme endlich wieder schweigt, mache ich mich auf den Rückweg. Oben angekommen, hole ich die Sonnenbrille meines Bruders aus der Jackentasche und setze sie auf. Durch die leere Öffnung und das gesprungene Glas lasse ich meinen Blick über die Landschaft schweifen, als könne ich auf diese Weise die Welt genauso sehen wie er. Aus den Augenwinkeln nehme ich eine kurze Bewegung wahr. Eine Eidechse sitzt auf einem Stein und schaut mich mit ihrem maskenhaften Grinsen an, als wäre sie eine Abgesandte meines Bruders, der hinter dem Horizont sitzt und lacht.

Das SMS kam an einem Montagmorgen knapp nach acht Uhr. Meine Freundin war im Bad, ich saß noch beim Frühstück, im Radio die Nachrichten, als das noch lautlos geschaltete Handy vibrierte. Es lag neben meinem Teller und kam seltsam schlingernd auf mich zu, das Geräusch, ein kurzes ersticktes Kichern. Und obwohl ich von meinem Bruder seit einer Ewigkeit nichts mehr gehört hatte, wusste ich sofort, dass er es war. Warum? Ich habe einmal gelesen, dass Quanten, obwohl weit voneinander entfernt, doch auf geheimnisvolle Weise miteinander kommunizieren. Für meinen Bruder und mich gilt Ähnliches. Und ich wäre glücklicher, würde es anders sein. Würde es da keinen Draht geben zwischen uns und keine Ahnungen und ich einmal nur mich selbst spüren können. Ich wischte über das Display meines Handys und wünschte, ich könnte das SMS dadurch zum Verschwinden bringen, es zurückschießen in den Dunst des Datennirwana, aus dem es zu mir gekommen war. Aber natürlich klappte die Nachricht auf, und ich las sie einmal, zweimal und dann noch ein drittes Mal, und obwohl der Text kurz war, blieb mir die Bedeutung völlig rätselhaft.

Waren das Tage bis jetzt. Mit Ideen gespielt und mit Menschen getanzt. Und jetzt in den Süden, damit die Dinge sich klären. HG 3734. Oh brother, where art thou?

Wollte da jemand aufräumen in seinem Leben? Ordnung schaffen? Oder sogar Reue zeigen? Und wenn ja, warum? War mein Bruder ernsthaft krank und wollte mit sich und mir ins Reine kommen? Oder war das wieder nur der gewohnte, fatale Lockruf, der verführerische Flötenpfiff des hinterlistigen Rattenfängers? Mein Daumen schwebte über dem Mistkübelsymbol, lag fast auf, da war kein Millimeter mehr zwischen dem Display und meiner Haut. Der Daumen blieb aber, wo er war, und genauso das SMS. Alles beim Alten. Mein Bruder wollte, dass ich ihm nachlaufe, und es funktionierte wie eh und je. Als meine Freundin mit nassen Haaren ins Wohnzimmer kam, hatte ich schon einen Direktflug nach Agadir gebucht, denn dorthin führte, so hatte es mir das Internet verraten, Flug *HG 3734*.

Tafraoute liegt in einer Talsenke, alle Häuser in der Farbe der Berge, als wären sie bewohnbare Felsen, die Fortsetzung der Landschaft. Das *Hotel Salama* befindet sich im Zentrum des Ortes, gleich am Marktplatz. Ich stelle den Wagen ab und gehe hinein. Die Lobby ist traditionell eingerichtet, es gibt zwei lange Diwane, darauf drapiert Dutzende Polster, dahinter ein offener Kamin. Dämmriges Licht dringt durch dunkelfarbige Glasfenster. Der Mann an der Rezeption lächelt zurückhaltend. Ich grüße und frage ihn nach einem Zimmer.

Für eine Nacht oder länger?

Weiß ich noch nicht, sage ich und gebe ihm meinen Pass.

Er trägt meine Daten in sein großes Buch ein. Als er fertig ist, ziehe ich das Foto aus der Innentasche meiner Jacke.

Das ist mein Bruder. War der vor ungefähr einer Woche hier?

Der Rezeptionist nimmt das Foto und geht einen Schritt zurück in den Lichtkegel seiner matt leuchtenden Deckenlampe. Zuerst scheint er unschlüssig, dann nickt er aber.

Ja, sagt er.

Könnten Sie nachsehen, wann das war und welches Zimmer er gehabt hat?

Der Rezeptionist blättert in seinem Buch. Es geht schnell. Viele Gäste scheint das Salama in letzter Zeit nicht gehabt zu haben.

Hier, sagt er, Ihr Bruder hat in Zimmer 118 gewohnt. Er dreht das Buch zu mir, sodass ich den Eintrag lesen kann. Da steht der Name meines Bruders und dahinter die Zimmernummer 118. Über der Spalte mit dem Datum hat aber jemand seinen Kaffee ausgeschüttet. Die Eintragung ist unleserlich.

Können Sie sich vielleicht noch daran erinnern, wann mein Bruder hier war, frage ich.

Ist schon einige Tage her, vielleicht sogar eine Woche, sagt er. Er ist aber nur zwei Nächte geblieben.

Ich frage ihn, ob Zimmer 118 frei ist, und er sucht das Bord hinter sich ab. Dann nimmt er einen Schlüssel vom Haken und reicht ihn mir. Die Stiegen hinauf und dann links. Es ist das letzte Zimmer auf der rechten Seite.

Alles Gute, sagt er dann noch, so als würde mein Bruder dort oben auf mich warten.

Der Gang ist nur schwach beleuchtet, die Zimmernummern sind kaum zu erkennen. Hinter keiner der Türen sind Stimmen zu hören. Ich scheine der einzige Gast zu sein. Als ich den Schlüssel ins Schloss stecke, bin ich nervös. Als könnte mein Bruder tatsächlich da drinnen auf dem Bett sitzen.

Ich bin seit fünfzehn Jahren mit meiner Freundin zusammen. Sie kennt meinen Bruder und sagt mir regelmäßig, dass sie ihn nicht leiden kann. Ich glaube ihr kein Wort. Sie will sich mir gegenüber einfach solidarisch zeigen, weil sie weiß, welche Schwierigkeiten ich mit ihm habe, aber natürlich kann sie sich seinem Charme genauso wenig entziehen wie alle anderen. Wenn er redet, hängt sie an seinen Lippen, und wenn er einen Scherz macht, lacht sie lauthals auf, aber was soll ich ihr das vorwerfen, mir geht es ja nicht viel anders. Jedenfalls wartete ich an dem Morgen, an dem das SMS kam, bis sie aus dem Haus war und versuchte dann erst, meinen Bruder zu erreichen, und dass ich ihm hinterherfliegen würde nach Marokko, das sagte ich ihr erst am Abend.

Natürlich ist da niemand in Zimmer 118, und ich werfe mich auf das leere Bett mit der grob gewebten rotorangen Überdecke. Lange hält es mich dort aber nicht, und so stehe ich wieder auf und beginne das Zimmer zu durchsuchen. Ich schaue unter der Matratze nach, hinter dem Bett und im Nachtkästchen. Nichts. Ich krieche auf allen Vieren über den Boden und unter den Schreibtisch. Jemand hat etwas unter eines der Tischbeine gesteckt. Es ist ein auf Briefmarkengröße zusammengefaltetes Blatt Papier. Ich hebe den Tisch mit meinem Rücken an und ziehe es heraus. An dem Tisch, der jetzt wackelt, falte ich das Papier auseinander. Es ist der Ausdruck eines Wikipedia-Eintrags über das Volk der *Chleuh*. Sie bewohnen den Antiatlas, steht da, gehören zu den Berbern, sind zwar Muslime, glauben aber an Geister, und ihre Frauen verfügen über zwei verschiedene Geheimsprachen. Die Wörter *Geister* und *Geheimsprachen* hat jemand mit einem gelben Leuchtstift markiert. Schon wieder *Geister*, die ich nicht gerufen habe, wie in dem SMS meines Bruders. Der Zettel stammt jedenfalls von ihm, da habe ich nicht den geringsten Zweifel. Ich falte ihn wieder zusammen und stecke ihn in die Hosentasche. Es ist knapp vor sieben, und ich habe Hunger. Ich gehe noch ins Bad und wasche mir das Gesicht mit kaltem Wasser. Mir hilft das, wenn eine unangenehme Stimmung sich mir auf die Haut zu legen beginnt. Zumindest bilde ich mir das ein.

Tafraoute sieht aus der Nähe nicht besonders einladend aus, genauso wenig seine Restaurants, die sich alle mehr oder weniger gleichen. Neonlicht, rostige Klappsessel, Plastiktischtücher. Und gähnende Leere. Vor dem *Marrakesh* sitzen zumindest drei ältere Männer, und so nehme ich am Nebentisch Platz. Die Männer haben einen Brotkorb vor sich stehen, Butter und eine Schüssel mit Oliven. Es nimmt aber nur ab und zu einer von ihnen einen Happen, in erster Linie rauchen sie eine nach der anderen. Alle drei tragen sie grob gewebte Kaftane, der eine, der seitlich zu mir sitzt, hat außerdem noch die Kapuze über den Kopf gezogen, sodass ich nur den glühenden Punkt seiner vorstehenden Zigarette sehe. Kaum dass ich sitze, kommt der Wirt mit der Speisekarte an. So rar wie die Gäste hier sind, will er offensichtlich nicht riskieren, dass ich es mir anders überlege und wieder aufstehe. Alkohol gibt es keinen, dafür frisch gepressten Orangensaft, ungewohnt um diese Tageszeit, aber warum nicht. Ist wahrscheinlich auch ganz vernünftig, weil ich gerade merke, dass ich den Tag über viel zu wenig getrunken habe. Der Wirt ist freundlich und spricht ganz passabel Englisch. Ich bestelle eine Tajine, Huhn mit Zitrone, das große Glas mit Orangensaft habe ich auf einen Zug ausgetrunken und bestelle gleich noch eines. Der Wirt lacht, als er das Glas vor mich hinstellt, und ich hole das Foto meines Bruders aus der Tasche.

Haben Sie diesen Mann schon einmal gesehen, frage ich. Ich suche ihn.

Der Wirt hält das Foto mit ausgestrecktem Arm, rückt seine Brille zurecht und kneift die Augen zusammen.

Ja, sagt er. Der war hier. Vor ungefähr einer Woche muss das gewesen sein.

Dann dreht er sich zum Nebentisch und spricht die drei Alten auf Arabisch an. Der Mann mit der Kapuze antwortet etwas und winkt dabei gleichzeitig mit einer betont lässigen Bewegung den Wirt zu sich. Er nimmt ihm das Foto aus der Hand und betrachtet es konzentriert. Sein Gesicht sehen kann ich immer noch nicht, aber ich merke, dass er einen tiefen Zug nimmt, weil die Glut seiner Zigarette sekundenlang aufglimmt. Dann nickt die Kapuze, der Mann steht auf und kommt herüber. Er zieht einen Stuhl heran und setzt sich zu mir an den Tisch. Jetzt sehe ich auch sein Gesicht, sonnengegerbt, faltig, unrasiert. Er könnte Ende fünfzig sein oder Anfang siebzig. Aber die Augen blitzen. Selbstbewusst, schalkhaft, schlau. Ein Mensch, der Fassaden bauen kann und deshalb auch weiß, wie man hinter sie blickt.

Ist Ihr Bruder, nicht?

Ich nicke.

Ist unschwer zu erkennen, sagt er, und fährt erst nach einer Pause fort. Ja, wir waren gemeinsam unterwegs.

Ach, ja? Und wann war das?

Der Mann zählt etwas an seinen Fingern ab.

Genau heute vor einer Woche hat er auch hier zu Abend gegessen. Da haben wir uns kennengelernt. Er hat mich gefragt, ob ich mich auskenne hier in der Gegend, und ich habe ihm gesagt, dass er den richtigen Mann gefunden hat.

Wo wollte er hin?

Die Geisterzeichnungen sehen.

Was für Zeichnungen, frage ich nach.

Sehr alte Felsritzzeichnungen aus der Steinzeit. Die Menschen hier sagen, dass sie von Geistern stammen.

Die wollte er sehen?

Ja, unbedingt. Er wäre am liebsten noch am Abend losgefahren. Ich habe ihm aber gesagt, das könne er sich aus dem Kopf schlagen. Die Straßen sind schlecht, und man muss mit dem Auto durch zwei Flüsse.

Da will ich auch hin, sage ich. Können Sie mich morgen hinbringen?

Der Mann sieht kurz in die Luft, so als müsse er überlegen.

Ja, morgen geht, sagt er schließlich.

Ich wohne im Salama, sage ich.

Ich bin um neun da, sagt er.

Als ich meinen Bruder vor einer Woche anrief, meldete sich sofort die Mailbox. Er musste das Handy ausgeschaltet haben. Ich schrieb ihm ein SMS und gab ihm meine Reisedaten durch. Geantwortet hat er nicht, und zurückgerufen hat er mich auch nicht, aber was habe ich mir auch erwartet? Wer sich auf meinen Bruder einlässt, weiß nie, woran er ist. Etwas mit ihm zu unternehmen, hat schon immer geheißen, keine Ahnung zu haben, was als nächstes passiert.

Am nächsten Morgen um neun ist nichts von meiner neuen Bekanntschaft zu sehen. Ich warte fünf Minuten, dann setze ich mich auf die Dachterrasse des Hotels und bestelle mir einen Kaffee. Von der Brüstung aus habe ich den Marktplatz und den Hoteleingang im Auge. Die noch tiefstehende Frühlingssonne taucht die umliegenden Berge in ein honiggelbes Licht, der Himmel indigoblau, der Kaffee stark. Kurz kann ich meinen Bruder vergessen und es kommt so etwas wie Urlaubsstimmung auf. Ich halte mein Gesicht in die Sonne, doch als ich die Augen schließe, ist er gleich wieder da, sein zufriedener Blick auf der orange leuchtenden Innenseite meiner Lider. Zwanzig Minuten nach neun taucht der Alte auf. Ich winke ihm zu und er winkt kurz mit seiner Zigarette zurück. Mein Bruder und er, sie haben einander bestimmt gut verstanden.

Anfangs ist die Straße noch gut, doch in einem kleinen Dorf lässt mich Ahmed auf eine unbefestigte Piste abbiegen, die zu einem Fluss hinunterführt.

Da müssen wir hinüber, sagt er.

Schaffen wir das mit dem Wagen?

Ahmed sagt nichts und deutet stattdessen hinüber zum anderen Ufer.

Ich bin kein guter Fahrer, im Gelände war ich überhaupt noch nie unterwegs und lasse den Wagen einfach langsam in das Kiesbett des Flusses rollen. Bald reicht das Wasser bis zur Bodenplatte, und wir bleiben fast stecken.

Mehr Gas, sagt Ahmed und hebt leicht die Füße an, so als würde das Wasser schon im Wagen stehen.

Die Räder drehen kurz durch, greifen schließlich, der Wagen macht einen Sprung, und dann sind wir draußen aus dem Fluss.

Auf der anderen Seite ist die Piste besser und ich habe wieder die Nerven, mich mit Ahmed zu unterhalten.

Warum sprechen Sie so gut Englisch, frage ich ihn.

Oxford, sagt er mit einer Engelsmiene.

Ich schaue ihn groß an, komme aber nicht dazu, nachzufragen, weil er gleich nachsetzt.

Ein Scherz, sagt er. Ich habe nie eine Universität von innen gesehen. Was ich an Fremdsprachen kann, habe ich von Touristen aufgeschnappt.

Nicht übel, sage ich.

Fast perfekt, sagt Ahmed und schmunzelt aus der Windschutzscheibe hinaus, dorthin, wo quer vor uns auf der Straße ein Baum liegt. Zum Glück ist er nicht besonders groß. Wir steigen aus und wuchten den Stamm zur Seite. Als wir zurückgehen zum Wagen, wischt sich Ahmed die Hände an seinem Kaftan ab.

Ist witzig, sagt er.

Was, frage ich.

Sie haben fast das gleiche Gesicht wie Ihr Bruder und auch eine ganz ähnliche Stimme, und trotzdem schauen Sie ganz anders aus und hören sich ganz anders an. Sie mögen Ihren Bruder nicht besonders, stimmt's?

Ganz offensichtlich hat Ahmed als Reiseführer mehr als nur passables Englisch gelernt. Wenn man seit fast fünfzig Jahren mit Fremden durch diese Einöde fährt, kommt man wahrscheinlich mit den absonderlichsten Spielarten der menschlichen Psyche in Kontakt, und wenn man dann noch, so wie Ahmed zweifelsohne, über einen ungewöhnlichen Instinkt verfügt, gibt es wohl nur wenige Gesichter, hinter die man nicht blicken kann. Auch etwas, das er mit meinem Bruder gemeinsam hat.

Dass ich ihm nicht antworte, scheint Ahmed nicht weiter zu stören, ganz im Gegenteil, er macht einfach weiter mit seiner Fragerei.

Warum sind Sie eigentlich nicht gemeinsam unterwegs, ich meine, Ihr Bruder und Sie?

Etwas mit seinem Handy, sage ich. Ich konnte ihn nicht erreichen.

Ahmed nickt, und ich sehe ihm an, dass er mir kein Wort glaubt.

Ist ja auch egal, sagt er. Ich bin auch lieber allein.

Wieder kommen wir an einen Fluss. Dieses Mal ist das Wasser seichter und wir schaffen es ohne Probleme auf die andere Seite.

Jetzt ist es nicht mehr weit, sagt Ahmed und zeigt auf eine Handvoll Lehmhäuser vor uns. Wir stellen den Wagen ab und gehen zu Fuß weiter.

Wir folgen dem Fluss, balancieren über Steine und stapfen über eine lang gezogene Sandbank wie durch Schnee. Schwalben machen knapp über der Wasseroberfläche Jagd auf Insekten, und ich entdecke Hufspuren von Rehen an der Wasserlinie.

Warum interessiert sich Ihr Bruder eigentlich so für Geister, fragt mich Ahmed, der mit seinen gelben Lederpantoffeln immer wieder im Sand hängenbleibt.

Ach so, frage ich und schaue ihn an. Tut er das?

Ja, sagt Ahmed, er hat mich ausgefragt. Geisterlegenden, Geistergeschichten, Geistermärchen, er wollte alles wissen.

Keine Ahnung, was es damit auf sich hat, sage ich und überlege, und da fällt mir eine Sache ein, an die ich schon seit Ewigkeiten nicht mehr gedacht habe. In der Kindheit, wenn wir alleine zu Hause waren, wollte mein Bruder immer, dass wir Geister spielen. Wir haben uns Masken gebastelt aus Papiermaché und alle Jalousien zugezogen, sodass es stockdunkel war in der Wohnung. Ich habe immer recht rasch Angst bekommen, mein Bruder natürlich nicht, und als ich gemeint habe, es reicht, hat er die Jalousien nur widerwillig wieder aufgemacht. Er hat die Maske aber aufgelassen und sich sogar schlafen gelegt mit ihr, und am nächsten Morgen hat er die Abdrücke im Gesicht gehabt und ausgesehen, als wäre er über Nacht tatsächlich zum Geist geworden. Ahmed erzähle ich die Geschichte nicht. Wahrscheinlich kennt er sie ohnehin schon von meinem Bruder.

Stattdessen lasse ich den Blick über die Uferböschung wandern, auf der Suche nach den Felszeichnungen. Immer wieder glaube ich Tierköpfe zu entdecken, im Näherkommen stellen sie sich aber als Sprünge und Risse heraus. Dann steigt Ahmed zu einem knorrigen Baum hinauf, in dessen Schatten mehrere Felsblöcke stehen. Er zündet sich eine Zigarette an, lehnt sich an den alten Stamm und zeigt betont gleichgültig mit dem Daumen hinter sich.

Das erste, was ich sehe, ist ein Auto, das Kinder unbeholfen in den Stein geritzt haben. Erst im Näherkommen, entdecke ich darunter, völlig verblasst, die Darstellung zweier Rinder. Ein gescheckter Bulle und eine Kuh, und dazwischen taucht jetzt auch, kaum mehr zu erkennen, eine menschliche Figur auf, die Arme hoch in den Himmel gereckt. Auf einem Stein daneben ist ein Hirsch mit einem kapitalen Geweih zu sehen, aber mehr ist da nicht, und das wenige, was da ist, verliert durch die blöde Autozeichnung völlig an Wirkung.

Und, frage ich Ahmed. Wie hat es meinem Bruder gefallen?

Er war begeistert. Wir sind geschlagene zwei Stunden hier gewesen. Alle Touristen, die ich bisher hierhergebracht hatte, waren völlig enttäuscht und wollten gleich wieder gehen, aber Ihr Bruder hat gar nicht genug bekommen können von den Zeichnungen. Hat sie fotografiert, ist die Linien mit den Fingerkuppen nachgefahren, oder ist einfach nur dagesessen, hat den Kopf schräg gelegt, und sie angestarrt.

Sie haben vorher gemeint, dass mein Bruder Geistergeschichten hören wollte, sage ich. Erzählen Sie mir auch eine?

Kann ich gerne machen. Wollen Sie die hören, die Ihrem Bruder am besten gefallen hat?

Ich setze mich zu ihm unter den Baum, und als Ahmed anfangen will zu erzählen, frage ich ihn nach einer Zigarette. Eigentlich habe ich aufgehört, aber mein Bruder raucht nicht, und mit der Zigarette in der Hand komme ich mir nicht vor wie das um eine Woche zu spät gekommene Abziehbild von ihm.

Und, fragt Ahmed und schaut mir zu, wie ich einen tiefen Zug nehme. Soll ich anfangen?

Yep, sage ich, und wenn Ahmed etwas genauso gut kann wie Menschen zu entschlüsseln, dann ist das, Geschichten zu erzählen. Ich kann das nicht. Was ich hier wiedergebe, ist nur der Rumpf der Erzählung, die harten Fakten: Einen Mann hat es da gegeben, der sich in eine junge Frau verliebt hat, die hat so vollkommen ausgesehen wie eine der Jungfrauen aus dem Paradies. Seine Freunde beschworen ihn, er solle sich fernhalten von ihr. So eine Vollkommenheit gibt es auf Erden nicht, warnten sie ihn, die Frau ist ein Geist, anders kann es gar nicht sein. Der Mann entgegnete nichts darauf, und seine Freunde meinten schon, sie hätten ihn überzeugt, da lud er sie wenige Tage später zu einem großen Fest ein. Der Mann hatte keine Kosten und Mühen gescheut. Es gab die feinsten Speisen und Getränke, Musik und Tänzerinnen, und alle unterhielten sich prächtig. Immer wieder ging der Mann durch die Reihen seiner Freunde und fragte, ob irgendetwas fehle, und immer wieder versicherten sie ihm, dass die Feier keinen Wunsch offen lassen würde. Mehr als hier gibt es nicht auf Erden, sagte schließlich einer, und da lächelte der Mann und nickte in tiefer Zufriedenheit, und als sie ihn wenig später suchten, war er verschwunden, und danach hat man ihn und die geheimnisvolle Frau niemals wieder gesehen.

Ahmed sieht mich fragend an, als würde er wissen wollen, wie mir die Geschichte gefallen hat.

Du kannst gut erzählen, sage ich zu ihm.

Dass ich mit der Geschichte wenig anfangen kann, sage ich ihm nicht.

Hat mein Bruder gesagt, was ihm an der Geschichte so gut gefallen hat?

Ja, er meinte, dass er den Mann beneiden würde, weil er das auch gerne können würde.

Was, frage ich.

Mit Geistern sprechen, sagt Ahmed.

Zurück in *Tafraoute* trinken wir noch einen Tee zusammen. Ahmed versenkt einen großen Zuckerwürfel in seinem Glas. Ich schiebe meinen Zucker zur Seite.

Brauchen Sie den nicht, fragt er, und noch bevor ich antworten kann, lässt er den Würfel in seinen Tee gleiten.

Hat mein Bruder gesagt, wo er als nächstes hinwill?

Er hat mich gefragt, wo er die besten Chancen hätte, einen Geist zu treffen.

Und? Was haben Sie ihm gesagt?

Ich habe ihm von Sidi Ifni erzählt.

Sidi Ifni, frage ich, weil ich den Namen noch nie gehört habe.

Eine Stadt an der Küste, sagt Ahmed, südlich von hier. Die Spanier haben Sie in den 1930er-Jahren gebaut. Alles im europäischen Stil. War eine wichtige Handelsniederlassung für sie. Und natürlich ein sündiges Nest. Viele weibliche Dämonen, wenn Sie wissen, was ich meine. Als die Spanier gehen mussten, war es vorbei mit dem Glanz. Alles versank in einen tiefen Schlaf. Die Häuser stehen aber noch. Sieht alles aus wie vor achtzig Jahren. Und nachts ziehen noch immer die Geister von damals durch die Straßen.

Und was hat mein Bruder dazu gesagt?

Er hat gesagt, dass sich das gut anhört.

Nach Sidi Ifni sind es knapp hundertfünfzig Kilometer. Obwohl ich auf der Hauptstraße unterwegs bin, herrscht kaum Verkehr. Nur hin und wieder kommen mir Sammeltaxis entgegen, alte Peugeots und breite Mercedes-Limousinen, alle in diesem seltsamen Grünton lackiert. Die Straße windet sich wie eine satte Riesenschlange durch die Berge, silbrig-grau, gemustert mit den Rissen und Schlaglöchern im Asphalt. Die Sonnenbrille meines Bruders, die ich vor zwei Tagen auf der Passhöhe gefunden habe, liegt auf dem Armaturenbrett und beobachtet mich mit ihrem leeren und ihrem gesprungenen Auge.

Du Schuft, fahre ich sie wütend an, muss aber gleich darauf lachen und spüre im nächsten Moment, wie mir die Augen feucht werden. Mein Bruder hat mich regelmäßig in so einen Gefühlswirrwarr aus Wut und Traurigkeit geschickt, mit einem hysterischen Lachen dazwischen. Gar nicht absichtlich wahrscheinlich. Das ist einfach er. Und wenn er mich wieder ungewollt fertiggemacht hat, hat er mich angestarrt wie ein Verhaltensforscher seine Laborratte. Ausgenutzt hat er diese Situationen aber nie. Ganz im Gegenteil. Er ist ganz ruhig geworden, ungewohnt zurückhaltend war er in diesen Momenten und hat mich fast ergriffen beobachtet.

Die Landschaft weitet sich jetzt zu einer Hochebene, die Straße führt kerzengerade dahin. Schon von Weitem fällt mir ein knallroter Fleck auf, lässt sich auch gar nicht übersehen in dieser leeren Wüstenlandschaft, die nur aus Brauntönen besteht. Irgendein Stofffetzen, den jemand an einen Stock gehängt hat, der da allein und windschief neben der Straße im Boden steckt. Weil ich mir ohnehin ein wenig die Füße vertreten will, halte ich und sehe mir die Sache aus der Nähe an. Was da hängt, ist eine alte Wollhaube, an mehreren Stellen eingerissen und aufgetrennt, die Fäden hängen lose herunter. Ich nehme sie ab und wundere mich nicht schlecht, als ich darunter eine CD entdecke. *Bonnie »Prince« Billy & The Cairo Gang*, sagt mir nichts, noch nie gehört, hört sich nach einem dieser Weltmusik-Projekte an, für die sich ein bekannter westlicher Musiker mit einer unbekannten Band aus der Dritten Welt zusammentut. Die CD ist völlig zerkratzt, aber seltsam, die Kratzer sehen nicht wie gewöhnliche Abnutzungsspuren aus, mehr so, als hätte sie jemand absichtlich in die silberne Oberfläche geritzt. Ich stecke sie in den CD-Spieler im Auto, sie springt gleich weiter auf den zweiten Track. *Teach me to bear you*, heißt es im Refrain. Wer da wen auszuhalten hat, denke ich, weil ich mir sicher bin, dass mein Bruder die CD für mich hinterlassen hat. Die gehört zu der seltsamen Schnitzeljagd, die er für mich inszeniert, der Spinner.

Allzu viel verstehe ich nicht von dem Text, aber beim zweiten Anhören bleibt noch eine Zeile hängen. *I want to read you a life of parties and wisdom.* Ja, mit vollen Hosen lässt sich leicht stinken. Wem alles leicht von der Hand geht, der kann einem natürlich entspannt erzählen von einem Leben, das aus ausgelassenem Feiern und Weisheit besteht. Verdammter Alleskönner. Egal, womit er sich beschäftigt hat, ein paar Tage später hat er die Sache beherrscht. Ist natürlich ein Albtraum, wenn der eineinhalb Jahre jüngere Bruder ein Genie ist. Da bekommt man von seinen Eltern eine Menge Aufmerksamkeit ab und fühlt sich so richtig wohl. Angefangen hat das schon ganz früh, noch als wir Kleinkinder waren. Wenn wir mit Holzklötzen spielten, waren seine Türme immer höher als meine und fielen auch nicht gleich wieder um. Und wer beim Memory-Spielen gewinnen wird, stand auch immer von vornherein fest.

Und das noch bevor er richtig sprechen konnte. Am schlimmsten war aber der Abend vor meinem ersten Schultag. Ich war ja auch nicht blöd und kannte damals schon alle Buchstaben, was ich meinen Eltern stolz präsentieren wollte. Mit einem Buch setzte ich mich zwischen sie auf die Couch und begann daraus vorzulesen. Da kam mein Bruder und hockte sich scheinbar ganz unbeteiligt dazu. Und gerade als ich umblättern wollte, fuhr er plötzlich fort und sagte die ganze nächste Seite auswendig auf. Wir glaubten zuerst, er hatte sich das alles durchs Zuhören gemerkt, aber mein Vater zog daraufhin die Zeitung aus seiner Aktentasche und hielt sie meinem Bruder hin, und der las daraus vor, als gäbe es nichts Einfacheres auf der Welt. Brauche ich jetzt nicht dazusagen, wohin die Aufmerksamkeit meiner Eltern gewandert ist und wo sie blieb und was mir sofort einfällt, wenn ich an meinen ersten Schultag denke.

Dabei bemühten sich meine Eltern, uns gleich zu behandeln. Wenn sie anderen von uns erzählten, begannen sie immer mit mir, es gab ja auch viel über mich zu sagen, ich war ja, wie gesagt, auch nicht blöd, aber eben kein Genie, und so war die Begeisterung gespielt, wenn sie von mir sprachen, und echt, wenn es um meinen Bruder ging. Das spürt man schon als Kind, und da will man natürlich raus, und mich hat das deshalb zum Getriebenen gemacht. Von da an war ich immer auf der Suche nach einer Sache, die unberührt war von meinem Bruder, nach etwas, das ich für mich allein hatte. Doch kaum begann ich, irgendetwas zu spielen oder mich für irgendetwas zu interessieren, tauchte mein Bruder auf, setzte sich dazu, ja, und dann war es nur mehr eine Frage der Zeit, bis er mich völlig in den Schatten stellte.

Die letzte Passhöhe, und von da an fällt das Land steil ab hinunter zur Küstenebene. Eine Serpentine folgt auf die nächste, weiß blühende Mandelbäume gleich hinter den rostigen Leitplanken, und in der Ferne, dort, wo wahrscheinlich das Meer liegt, blaugrauer Dunst. Ich habe mir den Weg gestern Abend noch auf der Karte angesehen. Es gibt eine größere Stadt auf der Route, *Tiznit*. Dort will ich zu Mittag essen. *Tiznit* und darunter *17* steht auf einem Kilometerstein neben der Straße, in zwanzig Minuten müsste ich da sein. Der Verkehr nimmt zu, und ich folge einer vierspurigen Straße ins Stadtzentrum. Männer auf Motorrädern fahren neben mir her, rufen mir etwas zu durch den Fahrtwind, erst langsam komme ich drauf, dass sie mir gegen Bakschisch den Weg in die Altstadt zeigen wollen. Ich winke ab, als würde ich mich auskennen hier, tatsächlich kann ich mich gar nicht verirren, ich bin wie ein Flugzeug, das einem unsichtbaren Leitstrahl folgt, von meinem Bruder auf Autopilot geschaltet. Ich erreiche einen großen Platz mitten in der Altstadt und stelle den Wagen ab. Gleich kommen junge Männer auf mich zu, die mir ihr Geschäft zeigen wollen. Mein Bruder wartet auf mich, sage ich und flüchte zusammen mit meiner Ausrede, die eigentlich nur eine halbe Ausrede ist, in ein verwinkeltes Gässchen, halbschattig die Luft mit einem Mal und halbschattig die Stimmen, fast so, als hätte ich einen Innenraum betreten. Rechts der Laden eines Uhrmachers, im Schaufenster alte silberne Taschenuhren und offene Räderwerke, gegenüber ein Süßwarenhändler, der selbst Zuckermandeln und Aschanti brennt, es riecht nach Kardamom und Karamell wie aus einem Märchenbuch, und dann, ein Stück weiter die Gasse hinunter, das Geschäft eines Fotografen. Innen, direkt ans Fensterglas geklebt, sind alle möglichen Aufnahmen zu sehen. Ansichten von *Tiznit*, kleine

Mädchen in rosafarbenen Rüschenkleidern und junge Männer mit den Frisuren bekannter Fußballer. Und dann – und es wundert mich erstaunlich wenig – entdecke ich neben dem Eingang ein Foto meines Bruders. Völlig unverändert ist er, seit ich ihn zum letzten Mal gesehen habe vor zwei Jahren. Noch immer der unverwechselbare und laut Meinung vieler Frauen und auch einiger Männer unwiderstehliche, lausbübische Blick, die Wangen mit den leichten Grübchen, wenn er lacht, und die wild nach allen Seiten abstehenden blonden Haare. Wie Ahmed schon bemerkt hat, sehen wir einander ähnlich und auch wieder nicht, ich habe die gleichen Augen, aber einen anderen Blick, die gleichen Wangen, nur kann ich lachen, so viel ich will, es zeigt sich nicht auch nur der Anflug eines Grübchens, und meine Haare haben zwar die gleiche Farbe, fallen aber in einen biederen Scheitel, egal wie viel Gel ich verwende.

Ja, es stimmt natürlich. Viele meiner Freundinnen waren mit Sicherheit nur mit mir zusammen, weil sie es nicht geschafft hatten, sich meinen Bruder zu angeln. Ich war Ersatz, aber das war ich mit diesem Bruder ja immer, und letztendlich ist jeder doch immer nur irgendwie Ersatz, und außerdem gewöhnt man sich an alles. Unangenehmer war es mit den Mädchen, bei denen ich spürte, dass sie meinen Bruder noch nicht ganz aufgegeben hatten und nur mit mir zusammen waren, um in seine Nähe zu kommen. Zu seiner Ehrenrettung muss ich aber sagen, dass er nie etwas mit einer von ihnen angefangen hat, zumindest habe ich ihn nie dabei erwischt.

Der Fotograf ist ein wilder Typ, nicht mehr der Jüngste, vielleicht Mitte, Ende sechzig, gibt sich aber wie ein

Künstler-Bohemien im Paris der 1960er-Jahre. Er begrüßt mich überschwänglich auf Französisch und palavert auch gleich drauflos, und es dauert einige Zeit, bis ich ihm beibringen kann, dass ich kein Wort verstehe. Er lässt sich aber nicht unterkriegen und erzählt sich in einen Rausch über Paris vor vierzig Jahren, als er dort studiert und Sartre auf der Straße zugehört hat.

Irgendwie schaffe ich es schließlich, seinen Redefluss zu unterbrechen und ihn mit mir auf die Straße zu ziehen. Wie er diesen Mann kennengelernt hat, will ich von ihm wissen und zeige auf das Bild meines Bruders.

Ach ja, sagt er, so als hätte er damit gerechnet, dass ich vorbeikomme.

Der ist vor vier, fünf Tagen hier gewesen und wollte, dass ich ihn mit dieser Kette fotografiere.

Eine Kette war mir gar nicht aufgefallen, und ich beuge mich noch einmal hinunter zu dem Bild. Mein Bruder trägt eine alte Münze um den Hals.

Er hat gesagt, dass die Münze auf jeden Fall scharf sein muss.

Ich sehe sie mir genauer an, die Nase fast am Glas. Die Prägung lässt sich gut lesen. Es ist eine spanische Münze aus den Dreißigerjahren, wahrscheinlich wollte mir mein Bruder damit einen weiteren Hinweis auf diese geheimnisvolle spanische Kolonialstadt, dieses Sidi Ifni, zukommen lassen. Nur für den Fall, dass ich in *Tafraoute* Ahmed nicht getroffen hätte, von dem ich mir mittlerweile sicher bin, dass er an dem Abend im *Marrakesh* auf mich gewartet hat.

Der Mann ist mein Bruder, sage ich, und wieder muss der Fotograf lachen.

Ich weiß, sagt er, und dabei grinst es nur so aus ihm heraus.

Ich bin es gewohnt, dass mein Bruder Scherze über mich macht. Früher hat mich das verunsichert, heute stört es mich nicht mehr. Gut, es stört mich, aber nicht mehr so wie noch vor zehn Jahren. Es fällt mir mittlerweile leichter, gewisse Dinge zu ignorieren. Mein Bruder meint es ja auch nicht böse, er ist einfach ein Spaßvogel. Erst ein Witz und dann alles andere, das ist seine Einstellung. Ja, ich verteidige meinen Bruder vor mir selbst. Eine Hälfte von mir versteht ihn besser als die andere. Dieses verdammte Lächeln. Wie soll man so einem auch böse sein.

Der Mann steckt das Foto in ein großes, braunes Kuvert. Umgerechnet zehn Euro verlangt er dafür. Ich versuche nicht einmal, den Preis herunterzuhandeln. Damit hat er seinen Tagesumsatz gemacht. Wenn ich in einer Stunde noch einmal vorbeikomme, wird der Laden geschlossen sein und er wird in einem Café sitzen und von Paris träumen. Soll sein. Ist doch eine gute Sache, einem alten Mann sein Träumen zu finanzieren. Die Vorstellung, wie er so zufrieden im Schatten sitzt und in seinem Tee rührt, hat etwas. Genauso geht es, das Leben. Kann aber nicht jeder. Die einen haben das in ihrer DNA, die anderen nicht. Mein Bruder gehört zusammen mit dem Fotografen zu Ersteren, ich zu Zweiteren. Aber man kann es ja immer wieder mal versuchen, und so beschließe ich hier und jetzt, mich von meinem Bruder und seinem albernen Foto nicht zur Eile antreiben zu lassen. Sidi Ifni kann warten, genauso wie diese alberne Schnitzeljagd. Ich will mich jetzt einfach treiben lassen durch diese Gassen und mich den Eindrücken hingeben. Da steigt mir auch schon ein intensiver Duft von Gebratenem in die Nase. An der nächsten Ecke entdecke ich einen Mann, der mit einem kleinen Holzkohlengrill auf der Straße steht, brutzelnde Spieße auf der Glut. Es sieht gut aus, die scharf angebratenen Fleischstücke, das Fett, das zischend auf die glühenden Kohlen tropft, hochzüngelnde Flammen, die der Mann gleich wieder mit seinem ölig glänzenden Strohfächer verweht, der Geruch nach Kreuzkümmel und Pfeffer. Ich habe ein wenig Ahnung von Gewürzen, habe sogar einige Kochkurse belegt, aber wieder aufgehört. Ja, genau, ein begnadeter Koch ist er auch, mein Bruder. Weit besser, als ich es je hätte werden können, also habe ich es wie so vieles andere auch bleiben lassen. Einer der unzähligen Grabsteine auf meinem Friedhof der ungenutzten Möglichkeiten.

Neben dem Holzkohlengrill stehen billige Campingmöbel, zwei Tische und ein paar Sessel aus schmutzigem, weißem Plastik. Der Verstand sagt nein und erzählt mir ein Dutzend Geschichten über Durchfall und Magenkrämpfe, aber dann sehe ich meinen Bruder, der über mich lacht, wie ich so dastehe und grüble und raufe mit meiner Vernunft, und setze mich aus Trotz hin. Bevor ich noch etwas sagen kann, kommt der Mann mit einem Brotkorb, und gleich darauf bringt er eine große silberne Platte mit sicherlich einem Dutzend Spießen darauf. Ich nicke ihm zu in glücklichem Ausgeliefertsein. Anscheinend bin ich doch so gestrickt, dass ich jemanden brauche, der mir sagt, wie es weitergeht. Ja, muss so sein, warum wäre ich sonst auch hier.

Zu viel, sage ich, und der Mann lacht, und wie schon mehrmals in Marokko bekomme ich diese federleichte Geste zu sehen, die Hände, die sanft die Luft nach unten drücken, oder alles, was sonst nach oben steigen und einem Lust und Zeit rauben könnte. Warte ab, sagen seine Hände, und so esse ich einfach ganz gemächlich unter seinem Lächeln dahin, und als die Platte sich tatsächlich langsam leert, da meinen seine Hände mit einem langsamen Bogen nach oben, na, habe ich es dir nicht gesagt?

Auf meinem Rückweg zum Parkplatz komme ich durch die Gasse mit den Parfümhändlern. Wilde Gerüche. Am dominantesten eine schwere, blumige Süße. Zäh wie Honig. Ein nuttiger Duft. Ich mache den Fehler und schaue in ein Schaufenster, in dem in Gläsern die Blüten, Hölzer und Früchte ausgestellt sind, aus denen die Aromen gewonnen werden. Der Ladeninhaber stürzt sich gleich auf mich, die linke Hand voller kleiner Flacons. Schon sprüht er mir den ersten Duft auf den Handrücken, ich rieche daran, rümpfe die Nase und winke ab. Zu schwer, versuche ich ihm begreiflich zu machen und schiebe mich gleichzeitig die Gasse weiter und glaube schon, ihn abgeschüttelt zu haben, als er plötzlich wieder neben mir auftaucht, dieses Mal auf der anderen Seite, und mir auch den zweiten Handrücken vollsprüht. Irgendetwas mit Jasmin. Nicht mehr so schwer wie der erste Duft, aber immer noch viel zu intensiv. Wieder winke ich ab, der Mann lässt aber nicht locker. Mittlerweile sind wir auf dem großen Platz, da vorne steht schon mein Wagen, *no, thanks*, sage ich noch einmal und taste in der Hosentasche nach dem Autoschlüssel. Ich drücke auf den Knopf, ich höre, wie die Zentralverriegelung aufschnappt und sehe die Warnblinkanlage kurz aufleuchten. Ich steige ein, werfe die Tür hinter mir zu und starte den Wagen. Es ist so unerträglich heiß, dass ich, noch bevor ich losfahre, das Fenster auf der Beifahrerseite herunterlasse. Der Mann bemerkt das und läuft herüber, und setzt plötzlich, als er sich herunterbeugt, einen ganz geheimnisvollen Blick auf. *I don't show everybody,* sagt er und hält einen dunkelblauen Flacon hoch, *this mixture is the secret of my family for many, many generations. The scent of ghosts,* sagt er und sprüht mir seinen Geistergeruch in den Wagen, sodass ein paar feine Tropfen auf der Sonnenbrille meines Bruders landen. Die Brille sieht mich ohne Augen an, der Duft riecht nach nichts, was ich kenne.

Die Straße nach Sidi Ifni führt hoch über dem Atlantik entlang, aber so weit im Landesinneren, dass ich nichts sehe von Strand und Küste. Bei einer Abzweigung Richtung Meer biege ich deshalb kurzerhand ab und folge einer sandigen Piste, in die der Regen tiefe Rinnen gewaschen hat. Sand wirbelt auf, legt sich aufs Seitenfenster und auf die Rückspiegel, und bald habe ich ihn auch im Mund, weil ihn die Lüftung ins Wageninnere bläst. Dann taucht das Ende der Straße auf und ich stelle den Wagen auf einem kleinen Parkplatz ab. Rosa getünchte Stufen führen zum Strand hinunter, zu einem einfachen Hotel und einem Café, weiße Metalltische mit rostigen Scharnieren unter gelben Sonnenschirmen. Was hält mich eigentlich davon ab, einfach hier zu bleiben, zu lesen, zu baden und mich auszuruhen und an *nichts* zu denken. Kurz fällt alles von mir ab, die Gedanken an meinen Bruder segeln wie Laub zu Boden und ich weiß nur mehr, dass ich am Atlantik stehe, und selbst das hört sich an wie ein Märchen, unglaublich, dass da nichts sein soll außer Wasser und nach Tausenden Kilometern die Küste von Amerika. Mit einem Stolz, als wäre ich Gott am siebenten Schöpfungstag, sehe ich dem Atlantik dabei zu, wie er mit seinen wilden Wogen den schweren Uferkies zum Rollen bringt, ein fortwährendes Murmeln und Klicken. Wenige Dinge gibt es doch noch, bei denen mein Bruder seine Finger nicht im Spiel hat und die mich seitlich an ihm vorbeidenken lassen.

Ein guter Ort hier, jetzt noch ein starker Kaffee, und ich werde zufrieden sein wie schon lange nicht mehr. Ein Bursche in Bermudas, Anfang zwanzig, sitzt mit zwei jungen Frauen an einem Tisch, zwischen ihnen eine Platte mit Seafood, sie essen mit den Händen, puhlen die Garnelen aus ihren Schalen und wischen die fettigen Finger immer wieder ins Papiertischtuch. Ein grelles Scherzen mit vollem Mund ist da im Gang, anzügliche Blicke züngeln im Dreieck, ich lasse einen Sicherheitsabstand und setze mich zwei Tische weiter an den Rand der Terrasse. Zusätzlich drehe ich meinen Sessel so, dass ich das Geflirte hinter meiner kalten Schulter habe, und bestelle einen Espresso. Mein Blick wandert den Strand hinauf und bleibt an zwei Silhouetten hängen, die vor der Brandung tanzen. Eine Frau im Sommerkleid, und wenige Schritte vor ihr tollt ein Hund, und wie sie da versucht, ihm seinen Holzstock zu entwinden und dabei lacht, wirkt sie wie ausgedacht.

Ich habe meine Freundin in den fünfzehn Jahren, die wir zusammen sind, nie betrogen, ja nicht einmal daran gedacht habe ich, aber jetzt, bei dieser Frau in der Gischt und im Sonnenlicht, da beginnt hinter meinem hitzeflirrenden Blick ein Film abzulaufen, wie wir ins Gespräch kommen, sie dann hinaufzeigt zum Hotel und wir schließlich in ihrem Zimmer enden, das Meer im Viereck des Fensters.

Mein Bruder hat sich nie auf längere Beziehungen eingelassen. Wenn das erste Verliebtsein vorbei ist, dann geschieht etwas mit einem, und das will ich nicht, hat er mir einmal gesagt. Der Blick wird dann hart und unnachgiebig. Aber nicht im Umgang mit dem Partner, wie alle behaupten, sondern im Umgang mit sich selbst. Plötzlich stößt man an sich, wo man früher durch sich hindurchgegangen ist, und bevor man es mitbekommt, ist sie dahin, die Lebensgeschmeidigkeit.

Ein Bellen schubst mich aus meinen Gedanken, und als ich die Augen öffne und mir die Hand als Schirm an die Stirn halte, sitzt die Frau im Sommerkleid tatsächlich am Nebentisch, und der Hund zu ihren Füßen trinkt gierig aus einem Plastiknapf.

Hallo, sagt sie plötzlich, ohne aber wirklich zu mir herüberzuschauen. Stattdessen beugt sie sich zu ihrem Hund hinunter und krault ihm das Fell.

Gerade angekommen, fragt sie, ihr Blick immer noch auf dem Nacken ihres Hundes.

Ja, sage ich und schaue auch anstatt zu ihr, dem Hund beim Trinken zu.

Wie lange bleibst du?

Weiß nicht. Ich will eigentlich nach Sidi Ifni und bin nur zufällig hier gelandet.

Ein schöner Zufall, sagt sie und schaut die Küste hinauf, wo die roten Klippen aus dem Atlantik aufsteigen.

Yep. Bin auch ganz zufrieden mit dem Zufall, sage ich. Wie lange bist du schon hier?

Zehn Tage vielleicht. Ich müsste nachschauen. Der Wievielte ist heute?

Ich sage ihr das Datum.

Der Vierzehnte? Dann sind es doch schon zwei Wochen. Wenn das Meer dauernd rauscht, vergisst man die Tage. Wirklich. Je lauter die Umgebung, desto leiser die Zeit.

Möglich, sage ich.

Ist so, sagt sie.

Das ist ein Collie, oder, frage ich. Habe schon seit Ewigkeiten keinen mehr gesehen.

Ja, seit sie Lassie nicht mehr zeigen, sind die völlig aus der Mode. Sind auch nur noch schwer zu bekommen. Fast so, als könnten Haustiere aussterben.

Heile Lassie-Welt, sage ich, wo bist du hin?

Sie lacht, und in dem Moment weiß ich, dass wir miteinander im Bett landen werden.

Sie schaut mich ein wenig zu lange an, ohne etwas zu sagen, und da weiß ich, dass sie es auch weiß. Wie ein stummes Einverständnis steht dieses Wissen zwischen uns, und auf einmal reden wir los, als würden wir uns kennen.

Sie erzählt mir, dass ihr Freund sie nach sechs gemeinsamen Jahren verlassen hat, und ich erzähle ihr, dass mein Bruder verschwunden ist.

Nein, eigentlich versteckt er sich vor mir, sage ich. Also, es ist so eine Art Suche, die er da veranstaltet. Er hinterlässt mir Hinweise und will, dass ich ihn aufspüre.

Hört sich an, als würde er die Regeln aufstellen.

Zumindest versucht er es, sage ich, und meine Stimme klingt flach dabei. Wie wenn man einen Witz erzählt und mittendrin schon weiß, dass keiner lachen wird.

Und was machst du, wenn du deinen Bruder gefunden hast?

Reden. Er hat mir etwas zu sagen.

Was?

Keine Ahnung. Irgendetwas, das ich bisher anscheinend nicht verstanden habe.

Marie, sagt sie ganz unvermittelt, und ich verstehe sie nicht gleich und sehe sie deshalb fragend an.

Ich heiße Marie, sagt sie noch einmal, und ich sage ihr meinen Namen, und wir geben uns die Hand.

Und, was machst du, wenn du nicht gerade durch Marokko fährst?

Ich bin Sänger, sage ich.

Was? In einer Band?

Nein, klassisch. Bariton.

Opern und so?

Nein, nur Konzerte. Ich kann nicht schauspielern. Meistens singe ich im Chor, manchmal gebe ich auch Liederabende. Wir haben ein kleines Ensemble gegründet. Ein Geiger, eine Cellistin, ein Pianist und ich.

Sie zieht die Augenbrauen hoch und weiß offensichtlich nicht, was sie sagen soll, und ich bin mir auf einmal doch nicht mehr so sicher, dass wir miteinander im Bett landen werden.

Wie kommt man auf so etwas, ich meine, Gesang zu studieren?

Ich überlege, ob ich ihr die Geschichte erzählen soll und entscheide mich dagegen.

Ein Zufall, sage ich.

Schon wieder, sagt sie. Ganz schön viele Zufälle in deinem Leben. Ein Zufall, der dich zum Singen bringt, einer der dich ans Meer bringt. Wohin bringt dich der nächste?

Nach Sidi Ifni, sage ich und denke, dass der Zufall den Namen meines Bruders trägt.

Sie taucht einen Finger in ihr Cola und schreibt Sidi Ifni auf die Tischplatte.

Ich war dort, sagt sie. Eine gruselige Stadt. Mauern und Menschen passen nicht zusammen. Die Bewohner gehen durch ihre Straßen, als würden sie nicht hierhergehören. Ich fahre dort nicht noch einmal hin.

Wo würdest du hinfahren, frage ich.

Ich würde hierbleiben.

Ich meine, an meiner Stelle.

Ja, an deiner Stelle.

Mein Selbstvertrauen ist enden wollend, mein letzter Flirt liegt lange zurück, und so dauert es einige Momente, bis ich begreife, dass das jetzt die recht unverhohlene Einladung war, über Nacht hierzubleiben. Sogar als ich Marie später auf ihrem Bett das Sommerkleid über den Kopf ziehe, kann ich es immer noch nicht wirklich glauben. Wann passiert das schon, dass der Tagtraum, den man im Kopf wälzt, Wirklichkeit wird? Einer wie ich glaubt da natürlich, dass ihm seine Sinne einen Streich spielen. Dass er gleich aufwachen wird an seinem Tisch im Strandcafé, weil ein Hund ihm die Zehen abschleckt. Aber nein, der Hund liegt lang ausgestreckt und dösend am Boden neben dem Bett, im Viereck des Fensters das Meer, Lichtstaub, der durchs Zimmer tanzt wie voyeuristische Nymphen, die sich nichts entgehen lassen wollen, und sonst nichts als Haut und Laken.

Magenkrämpfe reißen mich mitten in der Nacht aus dem Schlaf. Ich schaffe es gerade noch auf das Gemeinschaftsklo. Ein fürchterlicher Durchfall. Mich räumt es völlig aus. Gleich darauf muss ich mich auch übergeben. Ich bin froh, dass die Toilette am anderen Ende des Gangs liegt und Marie deshalb nichts mitbekommt von diesem Desaster. Irgendwann hocke ich als völlig kraftloses Häufchen Elend in der Duschkabine und lasse mir lauwarmes Wasser über Kopf und Rücken tröpfeln, die Augen brennend und feucht, weil mir noch immer stechende Magenkrämpfe den Atem rauben. Von Marie ist zum Glück weiterhin nichts zu hören. Das wäre mein Horror, wenn sie jetzt an die Tür klopfen und fragen würde, was los sei. Die Übelkeit kommt zurück. Noch ein letztes, leeres Würgen in die Klomuschel, dann klappe ich den Deckel herunter, setze mich und wische mir Gesicht und Augen mit Klopapier trocken. Als ich gerade noch einmal zur Rolle greifen will, fällt mir an der Wand ein Graffito auf.

Ein Gespenst geht um am Atlantik, das Gespenst des ..., mehr steht da nicht, das Wort dahinter ist weggekratzt. In dem Moment weiß ich, dass mein Bruder hier gewesen ist und dass dieses Graffito von ihm stammt. Und nicht nur das. Wenn er hier war, dann kennt er auch Marie, und das heißt, dass er auf irgendeine Weise bei alldem, was zwischen Marie und mir vorgefallen ist, die Hände im Spiel hat.

Ich will sofort weg von hier. Mein Gepäck ist im Wagen. Hemd und Hose habe ich an. Was fehlt, sind Schuhe und Socken, die liegen noch in Maries Zimmer. Ich schleiche schon den Gang hinunter, um sie zu holen, als mir der Hund einfällt. Der macht die Sache aussichtslos. Er würde sofort bellen und Marie wecken, und ich habe nicht die geringste Lust, sie noch einmal zu sehen und mit ihr zu sprechen. Also lasse ich Schuhe und Socken da. Fahren kann ich auch bloßfüßig und billige Sandalen kann ich mir im nächsten Ort kaufen.

Das Gespenst am Atlantik. Zuerst habe ich angenommen, mein Bruder meint sich selbst damit. Als ich jetzt barfuß, leichenblass und ausgezehrt im Mondlicht die Stiegen zu meinem Auto hinaufsteige, frage ich mich, ob das Gespenst nicht eher ich bin.

Ich fahre in die Nacht hinein, völlig leer, als hätte mir der Durchfall auch meinen Kopf ausgeräumt. *Ein Schatten seiner selbst.* Genauso fühle ich mich. Als wäre nichts mehr von mir übrig, nur diese graue Silhouette, die das Mondlicht auf den Beifahrersitz wirft. Dann fängt von einer Sekunde auf die nächste wieder mein Magen zu rebellieren an, und ich schaffe es gerade noch, den Wagen anzuhalten, auszusteigen, mir die Hosen herunterzureißen und mich in die steinige Landschaft zu hocken. Danach bin ich so kraftlos, dass es mir kaum gelingt, den Zündschlüssel herumzudrehen. Ich merke, dass es keinen Sinn mehr hat, weiterzufahren, stelle den Motor wieder ab, kippe den Sitz zurück und schlafe auf der Stelle ein.

An der Ortseinfahrt von Sidi Ifni steht die Polizei. Ich fahre in Schrittgeschwindigkeit auf die Straßensperre zu. Der Beamte sieht mich prüfend an und winkt mich dann durch. Im Rückspiegel sehe ich, dass er mir zuerst nachstarrt und dann einen Block aus der Brusttasche seiner Jacke zieht und etwas notiert. Keine Ahnung, was das soll. Jedenfalls ein Glück, dass er mich nicht angehalten hat. Mit meinem blassen und eingefallenen Gesicht und den bloßen Füßen hätte er mich bestimmt für einen Junkie gehalten und den Kofferraum ausräumen lassen. Ich schaue hinunter auf meine nackten Füße und fühle mich mies, weil ich meine Freundin betrogen habe. Ein schlechtes Gewissen und keine Schuhe. Beim ersten Laden bleibe ich stehen und kaufe mir Plastiksandalen.

Sidi Ifni liegt wie abgetrennt von seiner Umgebung auf einer Klippe über dem Meer und wirkt tatsächlich wie aus der Zeit gefallen. Die alte, noch immer in Betrieb befindliche Post, das Kino mit der frisch gestrichenen rosa-türkisen Fassade, das Rathaus und schließlich das Hotel Bellevue, alle im verspielten Art déco und wie aus der Zeit gefallen. Ich parke meinen Wagen in der Hoteleinfahrt und gehe hinein. Die Lobby ist nicht größer als ein Vorzimmer. Ein athletischer Mann mit imposantem Schnauzer steht hinter der Rezeption und tippt auf seinem Handy herum. Ich frage nach einem Zimmer und hole das Foto meines Bruders aus der Tasche. Freie Zimmer gibt es, meinen Bruder kennt der Rezeptionist nicht. Was aber nichts heißt, meint er, weil er erst gestern aus Agadir zurückgekommen sei. Ich sage ihm den Namen meines Bruders und bitte ihn, im Gästebuch nachzusehen. Er ist freundlich, *no problem,* sagt er und geht die Seiten durch. Akribisch fährt sein Finger die

Zeilen Namen für Namen ab, meine Augen folgen ihm. *Sorry*, sagt er schließlich und bestätigt, was ich ohnehin schon gesehen habe. Mein Bruder war nicht hier.

Macht nichts, sage ich und lasse mir von ihm den Schlüssel geben.

Zimmer 14, sagt er und beschreibt mir den Weg. Als ich die Treppen hinaufsteige, merke ich, dass mein Kreislauf noch nicht wieder auf der Höhe ist. Weiche Knie und Schwindel, ich bleibe kurz stehen und halte mich am Geländer fest. Der Rezeptionist tippt schon wieder auf seinem Handy herum und bekommt davon nichts mit. Ich schleppe mich die letzten Stufen hinauf in den ersten Stock.

Der Gang ist mit einem geschmacklosen Spannteppich ausgelegt, an den Wänden hängen billige Nachdrucke von europäischen Landschaftsgemälden, biedermeierliche Szenarien, Wälder und Flüsse und auf einer Lichtung ein Hirsch. Der Zimmerschlüssel ist neu, anscheinend haben sie im Hotel vor Kurzem die Schlösser ausgetauscht, die Messingplakette mit der Zimmernummer scheint aber alt zu sein, in der Gravur liegt blaugrüne Patina. Ich sperre auf und drücke die Tür hinter mir ins Schloss, lasse mich aufs Bett fallen und döse unruhig bis weit in den Nachmittag hinein. Ich träume von Marie und hasse meinen Bruder. Nach dem Aufwachen bin ich noch immer völlig kraftlos. Bis ich mich endlich aufraffen kann und auf die Straße hinuntergehe, dämmert es.

Die Laternen werden gerade eingeschaltet, ein seltsam cremegelbes Licht, nicht das kalte Neon gewöhnlicher Straßenlampen. Ich gehe langsam, die kühle Luft tut mir gut, essen werde ich heute nichts mehr. Vor einem Café entdecke ich eine Gruppe Touristen, suche einen Platz in ihrer Nähe und bestelle mir einen schwarzen Tee. Drinnen läuft der Fernseher, eine Fußballübertragung, davor drängen sich junge Marokkaner und gehen lautstark mit dem Spielgeschehen mit. In meinem Zustand bin ich ganz froh darüber, Menschen um mich zu haben. Wenn ich jetzt umkippe, würde sich einer finden, der mich ins nächste Spital bringt.

Als der Tee kommt und ich einen vorsichtigen Schluck nehme, reagiert mein Magen mit einem langen Gurgeln. So geht das nicht weiter. Ich brauche irgendetwas, damit sich mein Darm beruhigt. Mit dabei habe ich nichts. An Medikamente habe ich überhaupt nicht gedacht, als ich in Wien meine Tasche gepackt habe.

Für gewöhnlich ist es mir unangenehm, fremde Menschen anzusprechen, jetzt ist mir aber alles egal. Ich gehe hinüber zu den Touristen und frage sie, ob sie Tabletten dabei haben gegen Durchfall. Es sind zwei ältere Ehepaare aus den Niederlanden, unverkennbar dieses seltsame Nuscheln, als wären ihre Lippen aus Plüsch. Sie sind sehr freundlich, und eine der beiden Frauen zieht tatsächlich ihre Handtasche hervor und holt eine Packung Tabletten heraus.

Die können Sie haben, meint sie, wir haben noch genügend davon. Ich bedanke mich und gehe an meinen Tisch zurück. Sechs Pillen sind noch drinnen in der Packung und die englische Beilage. Ich falte das dünne Papier auseinander und überfliege die Zeilen. Dreimal täglich soll man eine Tablette nehmen, in schlimmen Fällen auch zwei, auf keinen Fall aber mehr als sechs pro Tag. Vor einer Vergiftung wegen Überdosierung bin ich also sicher. Dann lese ich noch den Absatz über die Nebenwirkungen durch. Interessant. Bei manchen Menschen können diese Medikamente gegen Durchfall und Übelkeit zu Magenschmerzen und Erbrechen führen. Allerdings ist das nur bei zehn von zehntausend Menschen beobachtet worden. Wesentlich häufiger – bei hundert von zehntausend Menschen – kam es zu Angstzuständen und intensiven Träumen. Ich bestelle ein Mineralwasser und schlucke zwei Pillen.

Als ich zurück Richtung Hotel gehe, ist der Mond aufgegangen und der Himmel sternenklar. Mir fällt eine Liedzeile von Marlene Dietrich ein, *Jetzt gehe ich allein durch eine große Stadt und ich weiß nicht, ob sie mich lieb hat.* Habe ich bei einem meiner recht häufigen Ausflüge aus der Klassik in den Chanson gesungen. Ich summe den Refrain vor mich hin und spüre einen Tropfen auf der Wange und sehe über mir eine Frau, die ihre frisch gewaschene Wäsche auf eine Leine vor ihrem Fenster hängt.

Wenn man kaum geschlafen hat, gibt es zwischen zwei Nächten nur Müdigkeit und keinen wirklichen Tag. Genau dieses Gefühl habe ich gerade. Die vergangenen Stunden kommen mir vor wie ausgedacht. Die barfüßige Fahrt mit dem Auto, die Straßensperre an der Ortseinfahrt von Sidi Ifni und die Hotelgänge des Bellevue mit ihren europäischen Waldlandschaften an den Wänden, alles nicht wie tatsächlich erlebt. Aus einer finsteren Gasse heraus heult markerschütternd ein Hund auf. Mir schießt eine Gänsehaut kaltheiß über den Rücken. Im nächsten Moment kommt mir der Köter schon entgegen. Mit angelegten Ohren und eingezogenem Schwanz und etwas, das ich noch nie gesehen habe bei einem Hund, denn mit angstweiten Augen dreht er immer wieder den Kopf und sieht zurück, ob er verfolgt wird. Ich muss durch die Gasse, aus der er gekommen ist, ansonsten bin ich gezwungen, einen weiten Umweg zu machen. Wohl ist mir nicht, als ich einbiege, doch es ist nichts zu sehen, die Gasse ist leer, nur weiter vorne fällt aus einem offenen Türeingang Licht auf den schlaglochübersäten Asphalt. Der Lichtkeil wird aber gleich darauf schmaler, dann verschwindet er ganz, und ein Quietschen und das Einrasten eines Schlosses sind zu hören. Ich gehe langsam weiter und frage mich, ob die Angst, dich ich gerade empfinde, von den Durchfalltabletten kommt. Zuletzt habe ich mich als Kind gefürchtet, deshalb hat das Gefühl gleichzeitig etwas Vertrautes und Ungewohntes. Ich stolpere weiter, der Asphalt ist überall aufgebrochen, und dann, gerade als ich an dieser Tür vorbeikomme, öffnet sie sich wieder mit diesem Quietschen, das mir aus dieser Nähe durch Mark und Bein geht. Ich mache einen schnellen Schritt zur Seite. Eine dunkle Silhouette steht im Eingang, eine völlig verschleierte Frau. Sie sagt etwas, ein kehliges, arabisches Wort, das ich nicht verstehe, es ist aber zweifelsohne die Aufforderung einzutreten. Nein, es handelt sich weder um eine freundliche Einladung noch um ein Angebot. Die Stimme ohne Gesicht lässt mir keine Wahl, und ich folge ihr wie eine Fliege dem Licht. Stiegen führen nach unten, Musik ist zu hören, *Quizás, quizás, quizás* von Nat King Cole, damit geht es leichter, die Angst bröckelt. Es ist seltsam, aber immer wenn ich ein Lied höre, das ich schon einmal vor Publikum gesungen habe, fühle ich mich sicher. Die Tür fällt hinter mir ins Schloss. Ich drehe mich um. Die Frau ist verschwunden, und ich gehe weiter. Stimmengemurmel, das lauter wird, die letzten Stufen, und dann stehe ich in einer Kellerbar, die völlig aus der Zeit gefallen scheint. An der Decke schlingert träge ein türkiser Ventilator, Kerzenlicht spiegelt sich, wenn auch nur matt, auf dem verchromten Tresen und die Barhocker sind mit lippenstiftrotem Kunstleder überzogen. Gut besucht ist die Bar nicht. Die einfachen Holztische sind leer, nur an der Theke sitzen oder lehnen vier Männer, einer von ihnen ist allein. Was mir auch auffällt. Hier wird Alkohol ausgeschenkt, was selten ist in Marokko. Die ganzen letzten Tage habe ich mich nach einem doppelten Whisky gesehnt. Den werde ich mir jetzt gönnen. Meinem Magen wird er auch guttun. Rede ich mir zumindest ein. Der alleine sitzende Mann ist schon älter und offensichtlich kein Marokkaner. Er trägt einen grauen Bart und eine altmodische Kappe. Sein weinroter Pullover schlägt sich mit dem grellen Rot des Barhockers. Wahrscheinlich stehe ich etwas verloren am Stiegenabsatz, denn der Mann bietet mir mit einer freundlichen Geste den Platz neben sich an.

Ross, sagt er und hält mir die Hand hin. Ich höre gleich, dass er Engländer ist und frage ihn, aus welcher Stadt er kommt.

During summer, I'm from Manchester, sagt Ross. Den Rest des Jahres verbringt er aber seit seiner Pensionierung in Marokko.

Was ist das für ein seltsames Lokal, frage ich ihn und zeige dabei, warum weiß ich nicht, zu dem schlingernden türkisen Ventilator hinauf.

Welcome to the Twist Club, sagt Ross, for eighty years now Satan's haven on earth.

Ich weiß jetzt, dass Ross Wortspiele mag, aber noch nicht, was es mit diesem Twist Club auf sich hat. Er nimmt gerade einen langen Schluck von seinem Bier. Als er sein Glas wieder absetzt, klebt Schaum in seinem Bart. Er wischt sich den Mund mit seinem Handrücken ab und erzählt mir, dass es den Twist Club gibt, seit die Spanier hier ihre Kolonie errichtet haben, und dass er nicht nur der Nachtklub, sondern auch das Bordell von Sidi Ifni war und als Sodom und Gomorrha von ganz Marokko galt.

Forget about Casablanca, sagt Ross. Here everybody played it again and again, not only Sam.

Ich mag den britischen Humor, und ich mag Ross.

Sie sind wahrscheinlich schon länger in Sidi Ifni, sage ich.

Seit zwei Monaten, sagt Ross.

Der Barkeeper kommt herüber und fragt mich auf Französisch, was ich trinken will. Ich bestelle einen doppelten Whisky. Er dreht sich zur verspiegelten Rückwand, wo auf staubigen Glasregalen einige wenige Flaschen stehen, und ich hole das Foto aus meiner Sakkotasche und schiebe es Ross hin. Er erkennt meinen Bruder auf den ersten Blick. Ich merke es an dem Grinsen, das er gleich aufsetzt.

Mein Bruder, sage ich.

Deshalb sind Sie mir bekannt vorgekommen. Sie sehen einander ähnlich, sagt Ross. Nicht sehr, aber doch.

Wo sind Sie ihm begegnet, frage ich.

Er ist genau hier gesessen, sagt Ross und deutet auf meinen Barhocker. Und er war genauso blass wie Sie. Hat es Sie auch erwischt?

Ich nicke.

Fleischspieße auf der Straße, gestern Mittag in Tiznit, sage ich und freue mich, dass der Durchfall auch meinen Bruder nicht verschont hat.

Wann haben Sie meinen Bruder kennengelernt, frage ich Ross.

Das ist vielleicht eine Woche her. Es war ganz ähnlich wie jetzt, noch nicht spät, vielleicht neun, zehn Uhr abends, ich bin auch hier auf meinem Platz gesessen, und da ist er reingekommen. Wie gesagt, er war genauso blass wie Sie, aber er hat zufrieden gegrinst, so als wäre sein maroder Körper ein Scherz und nichts weiter.

Ja, sage ich, das kann er.

Ein erstaunlicher Mensch, sagt Ross, lächelt stumm vor sich hin, als würde er sich gerade an etwas erinnern, setzt dann noch einmal an, etwas zu sagen, atmet aber nur hörbar aus, was seltsamerweise wie ein Seufzen klingt.

Was ist, frage ich.

Nichts, sagt Ross und schüttelt kurz den Kopf, so als wolle er einen Gedanken vertreiben.

Er hat Arabisch gesprochen. Soweit ich das beurteilen konnte, sogar ziemlich gut, sagt Ross dann. Ich habe ihn deshalb auch für einen Anthropologen gehalten, der hier ein Forschungsprojekt verfolgt. Mit Hamid hat er sich lange unterhalten.

Wer ist Hamid, frage ich.

Eigentlich das Faktotum vom Twist Club, sagt Ross. Normalerweise ist er der erste, der kommt und der letzte, der geht. Den Twist Club ohne Hamid gibt es quasi nicht. Aber seit drei Tagen ist er weg. Genau wie Ihr Bruder.

Wo die beiden hinwollten, wissen Sie nicht, frage ich und deute dem Barkeeper, dass er mir noch einen Whisky einschenken soll.

Keine Ahnung, sagt Ross. Als ich das letzte Mal mit Ihrem Bruder gesprochen habe, war keine Rede davon, dass er weiterwill. Ich nahm an, dass er noch ein paar Tage hierbleiben würde. Ich hatte es zumindest gehofft. Es war angenehm mit ihm.

Hat mein Bruder erzählt, was er hier will?

Na, Sie sind ja ein seltsames Brüderpaar, lacht Ross. Der eine weiß nicht, was der andere tut, verfolgt ihn aber quer durch Marokko. Was ist das? Fangenspielen für Erwachsene?

So hält man sich jung, sage ich und nehme dem Barkeeper, der in dem Moment daherkommt, das Glas aus der Hand. Scharfheiß rinnt mir der billige Scotch die Kehle hinunter. Der Magen hält ruhig, aber im Kopf beginne ich den Alkohol sofort zu spüren. Kein Wunder, ich habe den ganzen Tag nichts gegessen.

Und, frage ich noch einmal, hat mein Bruder über seine Pläne hier in Marokko gesprochen?

Einmal hat er gemeint, er wäre hergekommen, um Geister zu sehen, sagt Ross, da war es aber schon spät und wir hatten einige Flaschen Bier intus.

Mir setzt der Alkohol auch zu, mir wird schwindlig, gleichzeitig steigen wieder diese diffusen Ängste auf. Ich will so schnell wie möglich zurück ins Hotel, die Zimmertür hinter mir zudrücken und schlafen.

Treffen wir uns morgen zum Frühstück, sage ich noch zu Ross und schlage das Café vor, in dem ich die Holländer getroffen habe.

Gerne, sagt Ross. Um neun?

Wonderful, lalle ich und schleppe mich die Stiegen hinauf. Ich hoffe, dass die verschleierte Frau nicht plötzlich aus dem Dunkel auftaucht, mit ihrer Stimme, die mir keine Wahl lässt. Da ist aber niemand, und ich taste nach der Türklinke, drücke sie hinunter, da tut sich aber nichts, die Tür klemmt. Ich lehne mich mit der Schulter gegen das rostige Metall, nichts bewegt sich, und ich merke, wie ich nervös werde, Schweiß im Nacken und eine kaltheiße Stirn, und ein Schwindel, Übelkeit und dann Panik. Schließlich nehme ich all meine Kraft zusammen und werfe mich gegen die Tür, und da geht sie auf, mit einem Quietschen, das mir ins Trommelfell schneidet. Ich bin nichts als Gänsehaut, ein einziges feuchtheißes Kribbeln, als ich ins Freie stürze.

Obwohl ich völlig erschöpft bin, kann ich nicht einschlafen. Zuerst stört mich der tropfende Wasserhahn im Bad. Kaum habe ich ihn zugedreht, telefoniert jemand lautstark im Nebenzimmer. Als der endlich auflegt, höre ich das dünne Sirren eines Moskitos. Ich schalte das Licht an, entdecke das Tier neben dem Spiegel an der Wand und werfe mein Polster nach ihm. Ich stehe auf und sehe nach. Am Polster klebt das Tier nicht und an der Wand auch nicht, aber das Sirren ist weg und kommt auch nicht wieder. Ich lege mich zurück ins Bett und starre an die Decke. Ich muss mich zwingen, mein Handy nicht alle paar Minuten zur Hand zu nehmen, um auf die Uhr zu sehen. Da höre ich etwas. Draußen am Gang ist jemand an meiner Zimmertür angestreift. Ich setze mich langsam auf. Da wieder. Das gleiche Geräusch. Jemand muss an meiner Tür lehnen und lauschen. Mir bricht der Schweiß aus. Pure Angst. Ich denke wirklich kurz daran, mich im Bad einzusperren, dann kriege ich mich wieder ein und versuche lautlos aufzustehen. Zum Glück knarzt der Boden nicht. Ich schleiche langsam zur Tür. Jetzt ist sie nur noch eine Armlänge von mir entfernt und erscheint mir plötzlich wie das Tor zu einer anderen Welt. Einer beängstigend anderen Welt, in der Verstand und Logik nichts zu melden haben und der Weg zurück nur schwer zu finden ist. Wenn es ihn überhaupt gibt, den Weg zurück. Ich strecke meine Hand nach der Klinke aus, spüre das kühle Metall in der Handfläche, ein beruhigendes Gefühl, wie ein Handschlag mit der Wirklichkeit, als ob sie sagen würde, keine Angst, ich bin noch da, Schwerkraft, Zeit und Raum, Grundrechnungsarten, Tonleiter und die Verdrängung der Körper, alles noch vorhanden. Ich drücke die Klinke hinunter und reiße die Tür auf, in der Erwartung, dass mir der Lauscher entgegenfällt. Da ist aber keiner, und den Gang hinauf und hinunter ist auch niemand zu sehen. Nichts als ein billiger und versiffter

Spannteppich und Bilder europäischer Wälder an den Wänden. Doch dann bemerke ich einen Geruch, den ich mir sicher nicht einbilde und von dem ich gleich weiß, woher ich ihn kenne. Es ist das Parfüm, das mir der lästige Händler in Tiznit ins Auto gesprüht hat. *The scent of ghosts.* Ich gehe zurück ins Zimmer, ziehe mir Hemd und Hose an und schlüpfe in meine Plastiksandalen. Es ist leicht, dem Geruch zu folgen, ganz intensiv hängt er in der Luft. Den Gang hinunter, dann links. Als ich um die Ecke biege, geht das Licht aus. Die Arme vor dem Körper taste ich mich in der Dunkelheit voran. Plötzlich fahren meine Finger in Haare, ein Fell. Ich taumle gegen die Wand, als ich zurückschrecke, spüre ich etwas im Rücken, einen Schalter, das Licht geht wieder an. Vor mir steht eine ausgestopfte Ziege, die mich ansieht, als würde ich ihr im Weg stehen. Gleich hinter ihr beginnt ein Stiegenaufgang, er führt aufs Dach, durch die offene Tür sind Sterne zu sehen. Ich setze mich auf die Stufen und streichle der Ziege das Fell. Völlig blödsinnig, aber beruhigend. Da hängt etwas in den steifen Haaren, ein Zettel, klein eingerollt. Ein ungelenk hingekritzelter Satz.

Iul newa uok eloun.

Mir ist das Geschreibsel völlig unverständlich, erst als ich die Wörter laut ausspreche, merke ich, was da steht. Soll mir das Angst machen oder mich beruhigen? Der Geisterduft hängt noch immer in der Luft. Ich raffe mich auf und steige die Stufen zur Dachterrasse hinauf. Eine Bar, aber keine Gäste. Die Tische im Freien sind alle leer, im Lokal sitzt der Kellner, spielt eine Art Laute und bemerkt mich nicht. Ich setze mich an einen der Tische und höre ihm zu. Ein melancholisches Stück, langsam zupft er die Saiten und summt dazu. Als er aufschaut, deute ich ihm, dass er zu Ende spielen soll. Ich wüsste gerne, worum es geht in seinem Lied. Wenn er kommt, frage ich ihn.

Der letzte Klang hallt lange nach. Sogar als er die Laute vorsichtig an die Wand lehnt, bilde ich mir ein, noch immer etwas zu hören. Der Kellner ist jung, Anfang zwanzig, er hält mir eine Zigarette hin. Ich nehme sie, obwohl mir gerade gar nicht nach Rauchen ist. Er gibt mir Feuer, und fragt in gebrochenem Französisch, was ich trinken will.

Scotch.

Einfach oder doppelt?

Doppelt.

Wenn ich die Nacht noch schlafen will, brauche ich das jetzt.

Als er mir den Whisky bringt, frage ich ihn nach dem Lied.

Es geht um Sand, sagt er, um Sand und Wind.

Ich nehme einen Schluck und frage ihn, ob jemand da war, unmittelbar bevor ich gekommen bin.

Eine Frau sei vorbeigegangen, meint er. Er habe sie nicht genau gesehen, ein weißes Kleid habe sie angehabt und um den Kopf einen weißen Schal. Haare und Gesicht waren bedeckt, Marokkanerin oder Weiße, alt oder jung, könne er deshalb nicht sagen. Hinüber zur Brüstung sei sie gegangen, meint er und zeigt zu einer hüfthohen Mauer, hinter der das Meer zu hören ist.

Ich stehe auf und gehe hinüber. Das Hotel ist direkt an den Rand der Klippen gebaut. Gut dreißig Meter unter mir liegt der Strand, die Wellen branden heran, und dann fällt mir ein heller Schleier auf, der im Wind tanzt, lang ist er, zwei Meter, vielleicht sogar drei, ein weißer Drache, der sich durch die Lüfte windet.

Meine Erfahrung mit Geistern hält sich in Grenzen. Einmal hatte ich eine kurze Liaison mit einer Frau, von der ich bis heute nicht weiß, was ich davon halten soll. Kennengelernt habe ich sie auf einem Schubert-Abend. Rachel war Cellistin und hat das Requiem solo gespielt, und ich habe den Auftritt nach ihr gehabt und *Die Winterreise* gesungen. Sie war so gut, dass ich mich damals wunderte, ihren Namen noch nie gehört zu haben. Das war aber bei Weitem nicht das einzig Erstaunliche an ihr. Als wir noch am selben Abend miteinander ins Bett gingen, fand ich noch viel rätselhafter, dass sie nach überhaupt nichts roch. Nicht nach Schweiß, obwohl sie sich bei dem Konzert so verausgabt hatte, dass ihr die Bluse auf der Haut klebte, noch nach einem Deo oder Parfüm und auch nicht nach Zigaretten, obwohl sie sich eine nach der anderen angezündet hatte. Und genauso wenig schmeckte sie nach irgendetwas, als wir uns küssten. Nicht nach Nikotin und auch nicht nach den beiden Gin Tonics, die sie in kurzer Folge getrunken, oder nach der Limettenscheibe, auf der sie danach herumgekaut hatte. Und obwohl unsere lose Beziehung mehrere Wochen dauerte, bin ich nie bei ihr gewesen. Dreimal habe ich sie gefragt, wo sie wohnt, und sie hat mir jedes Mal einen anderen Bezirk genannt. Keine Ahnung, ob ihr das bewusst war, ich habe die Sache damals einfach auf sich beruhen lassen. Unsere Beziehung endete übrigens so plötzlich, wie sie begonnen hatte. Nachdem wir sieben Mal miteinander ins Bett gegangen waren, verschwand sie. Später erzählte mir jemand von einem Engagement an einem Konzerthaus in Fernost. Hanoi, Shanghai, Hongkong, eine der drei Städte war es. Ich habe nie herausgefunden, wo genau sie gelandet ist.

Den Rest der Nacht wälze ich mich unruhig im Bett herum, erst in den frühen Morgenstunden finde ich Schlaf. Als ich aufwache, fühle ich mich trotzdem erstaunlich frisch. Die Sonne dringt durch den dick gewebten braunen Vorhang, im Hof ruft ein Mann etwas auf Arabisch, dann schlägt eine Autotür zu, ein Wagen fährt an. Mir fällt der Frühstückstermin mit Ross ein. Ich will hin, will weiter mit ihm reden, mehr von ihm wissen, zwei oder drei Dinge über meinen Bruder, die mir vielleicht weiterhelfen. Um neun wollten wir uns treffen. Ich greife zum Nachtkästchen hinüber und taste nach meinem Handy. Kurz nach neun. Ich muss mich beeilen. Ross hat zwar nicht so ausgesehen, als hätte er eine Menge zu tun hier in Sidi Ifni, ewig auf mich warten wird er aber auch nicht. Ich wasche mir nur kurz das Gesicht und schlüpfe dann in meine Sachen. Eine halbe Stunde zu spät komme ich ins Café. Ross ist gerade dabei, sich Marmelade auf ein Brot zu schmieren. Ich entschuldige mich für meine Verspätung.

No hurry, no worry, sagt Ross und beißt von seinem Brot ab.

Ich bestelle nur einen Tee. Ich habe zwar einen Riesenhunger, traue mich aber nicht zu essen. Ich will nicht, dass mein Magen wieder rebelliert. Auch weil ich die verdammten Pillen unter keine Umständen mehr schlucken mag. Auf solche Panikattacken wie gestern Abend kann ich verzichten. Gerade bin ich durch die Gasse mit dem Twist Club gegangen, öd, staubig, langweilig, zwei alte Frauen beim Tratsch, ein Jugendlicher, der vergeblich versucht, seinen Motorroller zu starten. Das einzig Unheimliche war, dass ich den Twist Club nicht gefunden habe. Mehrere ähnliche Eingänge und nirgendwo ein Schild, keine Ahnung, durch welche Tür ich gestern in dieses seltsame Kellerlokal hinuntergestiegen bin.

Und wie geht es heute, fragt Ross.

Besser, sage ich, viel besser sogar.

Also eine ruhige Nacht gehabt?

Abgesehen von einem unangekündigten Besuch, sage ich.

Ist Ihr Bruder aufgetaucht, fragt Ross.

Nein, eine Frau mit weißem Schleier.

Merkwürdigerweise nickt Ross wissend, sagt aber nichts und beißt stattdessen von seinem Marmeladebrot ab.

Warum nicken Sie, frage ich.

Ross macht große Augen, so als wolle er etwas sagen, deutet aber auf seinen vollen Mund.

Hört sich nach einer Aschenfrau an, sagt er schließlich.

Einer was?

Die Marokkaner nannten die Prostituierten hier in Sidi Ifni Aschenfrauen. Wie in jeder reichen Hafenstadt kamen sie von überall her. Südeuropäerinnen, Russinnen, sogar Französinnen und Deutsche haben hier ihre Körper verkauft. Als Erkennungszeichen mussten sie ascheweiße Schleier tragen, deshalb der Name.

Aber das ist mehr als siebzig Jahre her, sage ich.

Diese Frauen bekamen Kinder. Waren es Burschen, durften die machen, was sie wollten, Mädchen mussten aber per Gesetz in Sidi Ifni bleiben. Damit wollten die Spanier verhindern, dass ihnen die Prostituierten ausgingen. Und ein paar Nachfahrinnen dieser Aschenfrauen leben noch heute in Sidi Ifni. Keiner weiß genau, was sie machen, sicher ist nur, dass sie einen Haufen Geld haben. Manche behaupten, dass sie noch immer als Prostituierte arbeiten. Allerdings im Geheimen und nur für wirklich wohlhabende Kunden. Sie bewohnen die luxuriösen Villen auf den Hügeln über der Stadt.

Hat mein Bruder irgendetwas mit ihnen zu schaffen gehabt?

Er hat Hamid gefragt, wie man an die Aschenfrauen herankommt, sagt Ross.

Und, frage ich, hat Hamid ihm helfen können?

Soweit ich weiß, ja, sagt Ross. Zuerst wollte Hamid zwar überhaupt nicht, *no way*, hat er gesagt und mit einer rigorosen Geste versucht, die Sache vom Tisch zu wischen, Ihr Bruder hat aber nicht locker gelassen, und irgendwie muss er Hamid dann herumbekommen haben. Wahrscheinlich hat er ihm einfach eine Menge Geld angeboten. Wenn das Geld stimmt, kann man von Hamid nämlich alles haben. Obwohl ihm die Idee bis zuletzt nicht behagt hat. So nervös wie an diesem Abend habe ich ihn jedenfalls noch nie erlebt. Nach außen hin hat er zwar herumgewitzelt wie sonst auch immer, ich kenne Hamid aber mittlerweile und weiß, wann mit ihm etwas nicht stimmt, ja und letztendlich habe ich auch recht behalten, denn seit damals sind Hamid und Ihr Bruder verschwunden.

Lust auf eine Wanderung, frage ich Ross.

Er schaut mich verwundert an.

Hinauf zu den Hügeln über Sidi Ifni, sage ich, die Aussicht von dort oben soll atemberaubend sein.

Ich sehe Ross an, wie es in ihm arbeitet. Wie in seinem Kopf Vernunft und Neugier miteinander streiten. Dann nimmt er ein Stück Brot aus dem Korb und streicht endlos lang Butter darauf, und als ich mir schon sicher bin, er sagt ab, meint er plötzlich, in einer Stunde wieder hier, ich muss mir noch andere Schuhe anziehen.

Andere Schuhe könnten mir auch nicht schaden. Ich zahle und drehe eine Runde über den Markt, der gleich hinter dem Café beginnt. Die traditionellen Lederpantoffeln finden sich in allen Größen und in den schrecklichsten Farben, feste Schuhe gibt es hingegen kaum. Nach langem Probieren kaufe ich ein Paar Sportschuhe mit vier Streifen. Sie sind aus Plastik, und ich werde höllisch schwitzen in den Dingern, aber sie haben zumindest eine dicke Sohle und ein wenig Profil.

Rechterhand eine weite, brache Fläche, Steine zwischen dornigem Gestrüpp, streunende Hunde, die sich abwechselnd hinterherjagen.

Hier wird jeden Samstag der Wochenmarkt abgehalten, sagt Ross, in der Kolonialzeit war hier das Flugfeld.

Mir kommt vor, Ross erzählt mir das nur, um sich zu beruhigen. Er hat auch etwas Vorwurfsvolles in der Stimme, wahrscheinlich, weil ich ihn zu diesem Ausflug überredet habe.

In welche Richtung müssen wir, frage ich, als wir ans Ende der asphaltierten Straße kommen, von wo zwei Wege wegführen.

Ross deutet mit dem Kopf den Hügel links vor uns hinauf, als habe er Angst, mit dem Finger zu den vier Villen zu zeigen, die dort oben, von hohen Mauern umgeben, einen luxuriösen, zugleich aber auch abweisenden Eindruck machen. Als einziger Weg führt eine staubige Schotterpiste hinauf. Ross bleibt alle paar Schritte stehen. Das können aber nicht nur die Hitze und sein Alter sein. Ross ist ganz offensichtlich immer weniger wohl bei der Sache, und ich spüre, wie mich seine Unruhe ansteckt. Es ist merkwürdig. Obwohl wir einen Hügel hinaufsteigen und der Blick immer freier wird, hinaus auf die Atlantikküste und das Meer, kommt es mir vor, als würde der Raum immer enger. Rechts wachsen Kaktusfeigen, und gerade als ich eine der feuerroten Früchte pflücken möchte, zerplatzt sie plötzlich. Ross und ich, beide zucken wir zusammen und ducken uns instinktiv hinter das niedere Mäuerchen aus Natursteinen.

War das ein Schuss, frage ich Ross.

Er antwortet nicht, atmet schwer. Ich sehe, wie sich sein Brustkorb hebt und senkt. Nach einer Weile holt er ein Tuch aus seiner Hosentasche, nimmt seine Kappe ab und wischt sich den Schweiß von der Stirn. Dann steht er vorsichtig auf. Auf dem Mäuerchen liegt noch ein Stück der zerfetzten Frucht, und Ross riecht daran. Dann nimmt er mit zwei Fingern die grüne Schale mit der breiigen Masse und hält sie mir hin. Der Geruch von Alkohol.

Das passiert manchmal, sagt Ross, wenn die Früchte in der Hitze zu gären beginnen.

Er wischt sich die Hand mit seinem Taschentuch ab, und wir gehen weiter. Zehn Minuten später erreichen wir das erste der vier Häuser. Es sieht unbewohnt aus. Das hohe Tor verschlossen, ebenso alle Fensterläden, und Stimmen sind auch keine zu hören. Während ich noch unschlüssig herumstehe, geht Ross zu dem Haus und klopft. Das Tor ist aus so schwerem Holz, dass kaum etwas zu hören ist, obwohl Ross mit seiner geballten Faust dagegenschlägt. Doch die Tür schwingt auf, und vor uns steht ein Hausdiener in einem weißen Seidenkaftan, genau die gleiche Farbe wie der Schleier gestern Abend. Er spricht uns auf Französisch an, mit einer Stimme so kalt, dass mir, obwohl ich nichts verstehe, ein Schauder über den Rücken läuft.

Sorry, no french, sagt Ross, der unwillkürlich einen Schritt zurückgewichen ist.

Was wir hier wollen, fragt der Mann daraufhin auf Englisch.

Ross sieht mich an, und weil mir sonst nichts einfällt, hole ich wieder einmal das Foto meines Bruders hervor und halte es dem Mann hin.

No, sagt der einfach nur und drückt die Tür wieder ins Schloss. Ich stecke das Bild zurück in meine Jacke.

Und jetzt, fragt Ross.

Gehen wir weiter zum nächsten Haus, sage ich.

Ross sieht mich an, als hätte ich überhaupt nichts verstanden. Dann schüttelt er den Kopf und holt wieder sein Schweißtuch aus der Hosentasche. Als er sich gerade über die Stirn wischen will, geht das Tor plötzlich wieder auf.

Der Blick des Hausdieners ist so kalt wie seine Stimme. Kommen Sie mit, sagt er, und wir folgen ihm ins Innere des Hauses. Räume wie aus Tausendundeiner Nacht, mit Teppichen und Webereien wie aus dem Märchen und einer schweren, mit feinen Schnitzereien verzierten Holztruhe, die nach Sandelholz riecht. Dann treten wir wieder ins Freie, in ein mit weißem Marmor ausgelegtes Atrium mit einem kleinen Springbrunnen. Die Luft ist angenehm kühl, das Plätschern des Wassers verbreitet eine friedliche Stimmung, und wenn uns jetzt jemand um die Ecke bringt, wird uns keiner hören und nie jemand etwas davon erfahren. Vor einem Diwan bleibt der Hausdiener stehen und deutet, dass wir uns setzen sollen.

Wollen Sie Tee oder Kaffee, fragt er.

Kaffee, sage ich, und Ross bittet um einen Tee.

Vielleicht drei Minuten sitzen wir alleine da und trauen uns kein Wort zu sagen. Dann erscheint eine ältere Frau und serviert uns die Getränke. Der Kaffee ist hervorragend, nicht nur weil er kein Löskaffee ist, wie er hier sonst oft serviert wird, nein, er schmeckt wirklich außergewöhnlich gut. Gerade als ich meine Tasse absetze, tritt eine Frau ganz in Weiß ein. Sie ist unverschleiert, eine klassische Schönheit. Bronzener Teint, ganz unglaublich feine Gesichtszüge und die Ausstrahlung einer Königin. Drei Schritte hinter ihr folgt der Hausdiener mit einem schweren Sessel, den er in einigem Abstand von unserem Diwan abstellt. Die Frau nimmt Platz und der Hausdiener beugt sich zu ihr. Sie flüstert etwas in sein Ohr, und sobald sie fertig gesprochen hat, richtet sich der Hausdiener wieder auf.

Was wollen Sie wissen über den Mann, fragt er uns.

Der Mann ist mein Bruder, sage ich, und ich bin auf der Suche nach ihm. Haben Sie ihn gesehen?

Der Hausdiener übersetzt der Frau meine Frage nicht. Anscheinend versteht sie Englisch, möglicherweise spricht sie es auch und will nur nicht, dass wir ihre Stimme hören. Sie wartet einige Momente, dann flüstert sie dem Hausdiener wieder etwas ins Ohr.

Ihr Bruder war Gast in unserem Haus, sagt er.

Was wollte er denn hier, frage ich vorsichtig.

Wieder das gleiche Ritual. Sie wartet, hebt den Zeigefinger, der Diener beugt sich zu ihr, sie flüstert ihm ins Ohr, und er antwortet uns schließlich.

Er war interessiert an bestimmten Gegenständen, sagt er.

Ich versuche, mir auch Zeit zu lassen, um nicht hektisch oder aufdringlich zu wirken.

Welche Gegenstände, frage ich betont langsam.

Wieder tanzen die Sekunden wie Pantomimen durch den Raum. Die Aschenfrau erscheint mir wie ein Medium, das sich in der Zeit umsehen kann wie andere Menschen in einer Landschaft. Woher der Eindruck kommt? Vielleicht, weil ich ihre Stimme nicht kenne oder weil sie keinen Namen hat. Oder es ist das blendende Weiß des Marmors, das einem den Atem raubt vor lauter Licht.

Das ist kompliziert, sagt der Hausdiener in meine Gedanken hinein.

Die alte Frau bringt eine Silberplatte voll Obst. Ross greift dankbar zu und macht, als würde ihn das Ganze nichts angehen. Die Aschenfrau deutet mir mit einer Geste, mich ebenfalls zu bedienen, und ich schiebe mir eine Apfelspalte in den Mund. Sie scheint alle Zeit der Welt zu haben, nein die Zeit selbst zu sein. Noch nie zuvor habe ich das bei einem Menschen erlebt, diese völlige Abwesenheit von Ungeduld.

Sie sieht mir zu, wie ich auf meinem Apfel herumkaue, als gäbe es sonst nichts zu tun auf der Welt, wartet, bis ich den letzten Bissen hinuntergeschluckt habe, und fährt dann von sich aus fort.

Die Menschen früher glaubten an Geister, übersetzt der Hausdiener. Und sie besaßen Gegenstände, um mit den Geistern zu kommunizieren oder sich gegen sie zu schützen, fährt er fort.

Und Sie haben meinem Bruder diese Gegenstände beschafft?

Wieder deutet sie mir zuzugreifen. Ich nehme ein Stück Ananas.

Sie müssen sie im Rosenwasser schwenken, sagt der Hausdiener und zeigt auf eine Messingschale, in der einige rosafarbene Blütenblätter treiben.

Wieder verstreichen die Minuten, und ich merke, wie mich die ungewohnte Langsamkeit hypnotisiert. Wie in Trance komme ich mir vor, ich kann mich gar nicht mehr anders bewegen als in Zeitlupe.

Ich habe Ihrem Bruder gesagt, wo er die Gegenstände finden kann, die er sucht. Es gibt da eine Stadt am Rand der Wüste. *Guelmim.* Die Nomaden dort glauben noch an Geister.

Wann ist mein Bruder nach Guelmim aufgebrochen?

Das Plätschern des Springbrunnens, ich esse dieses Mal eine in Rosenwasser geschwenkte Pfirsichspalte, und die Aschenfrau verharrt wieder in völliger Bewegungslosigkeit, so als hätte sie für sich wieder die Zeit angehalten.

Gestern, sagt der Hausdiener, und ich stutze, weil mir Ross doch erzählt hat, dass mein Bruder und Hamid schon vor mehreren Tagen zu ihr gegangen sind. Zum Nachfragen komme ich nicht mehr, denn die Aschenfrau erhebt sich, bleibt als Abschiedsgruß einen Moment stehen, nichts sonst, kein Wort und auch kein Winken, und verschwindet dann im Dunkel der Räume.

Der Hausdiener sieht uns an, unmissverständlich. Zeit zu gehen, sagt sein Blick, und dann schreitet er wieder voran, und wir folgen ihm schweigend zum Eingang. Auch als er uns das schwere Tor öffnet, sagt er kein Wort und nickt nur kurz, als wir an ihm vorbei ins Freie treten. Dann schließt sich das Tor tief und hallend, und wir stehen wieder in der Sonne.

War das echt, fragt Ross und schaut mich an, als wäre er soeben aus einem Traum erwacht. Mir geht es nicht viel anders. Ich rieche an meinen Fingern. Da hängt er noch, ein leichter Rosenduft als Beweis für das gerade Erlebte.

Gehen wir, sage ich.

Ja, schauen wir, dass wir zurückkommen in die Wirklichkeit, sagt Ross.

Weit sind wir noch nicht gegangen, als ich hinter einem Strauch eine Bewegung wahrnehme und gleich darauf ein leises Stöhnen höre. Ross hat es auch bemerkt und geht langsam auf den Strauch zu. Ich folge ihm. Da liegt ein Mann, eine Gesichtshälfte blau, die Stirn blutverkrustet.

Hamid, höre ich Ross sagen, der sich zu dem Mann hinunterkauert.

Ich hole die Wasserflasche aus meinem Rucksack und reiche sie ihm. Er reißt sie mir fast aus der Hand, kippt sie so heftig, dass ihm ein Wasserschwall ins Gesicht schießt, wie ein Verdurstender trinkt er die Flasche leer.

Was ist passiert, fragt Ross.

Ich bin gestürzt, flüstert Hamid, und man sieht, wie ihm jedes Wort Schmerzen verursacht. Gestern, in der Dunkelheit, drückt er noch erstickt hervor.

Zum Glück ist Hamid nicht sonderlich groß und außerdem spindeldürr. Ich nehme ihn auf den Rücken, und so gehen wir langsam nach Sidi Ifni hinunter.

Wissen Sie, wo mein Bruder ist, frage ich und bekomme keine Antwort.

Ich drehe mich zu ihm um, sehe, dass er die Augen geschlossen hat, fürchte schon, dass er ohnmächtig geworden ist, doch höre ich ihn gleich darauf schnarchen. Als wir nach Sidi Ifni hineinkommen, rüttelt Ross ihn wach.

Nicht hier, sagt Hamid, und lotst uns von der Hauptstraße weg und durch schmale Seitengassen zu einem alten Garagentor.

Hier könnt ihr mich absetzen, sagt Hamid.

Du musst ins Krankenhaus, sagt Ross, aber Hamid winkt ab.

Wo ist mein Bruder, versuche ich es noch einmal.

Hamid verdreht leicht die Augen. Ich weiß nicht, ob es ihm wieder schlechter geht oder ob er mir einfach nicht antworten will.

Hamid, mein Bruder, sage ich noch einmal, und da schaut er mich zwar nicht an, murmelt aber etwas. Ich verstehe ihn nicht, kauere mich ganz nah zu ihm, versuche, von seinen Lippen zu lesen.

Sand und Wind, sagt Hamid, und dann wischt er mit dem Arm durch die Luft, als wolle er uns verscheuchen, uns oder seine Gedanken oder ganz andere Geister, von denen Ross und ich keine Ahnung haben. Wir machen uns davon, und als wir uns noch einmal nach Hamid umdrehen, ist er verschwunden.

For God's sake, murmelt Ross immer wieder in seinen Bart hinein.

Er ist völlig durch den Wind, so als hätte man ihm den Boden unter den Füßen weggezogen, torkelt dahin, als würde er auf rohen Eiern gehen.

Trinken wir noch einen Kaffee zusammen, frage ich.

Ross schaut mich verärgert an.

Mich hält hier nichts mehr, sagt er, und ich spüre, dass er mir die Schuld an allem gibt. Ich habe ihm *sein* Sidi Ifni zerstört, den Ort, in den er sich verliebt und den er als seinen Alterssitz ausgewählt hat. Er biegt plötzlich ab, ohne noch einmal stehen zu bleiben oder mir die Hand zu reichen. Er sieht mich nicht einmal mehr an, und dann höre ich ein leises *take care*, mit dem er sich selbst wahrscheinlich genauso meint wie mich.

Der Tank ist voll, der Weg nach Guelmim nicht zu verfehlen. Es gibt nur eine Ausfallstraße Richtung Süden und Richtung Wüste. Zur Zeit der großen Karawanen war Guelmim eine reiche Stadt, in den letzten Jahrzehnten hat sie ihre Bedeutung aber eingebüßt. Grenzstreitigkeiten haben das Übrige dazu beigetragen, dass Guelmim heute ein Schattendasein führt. Das steht in meinem Reiseführer und macht nicht gerade Lust auf das Kaff, das Wissen, dass mein Bruder nur mehr einen Vorsprung von Vierundzwanzig Stunden hat, lässt mich aber trotzdem aufs Gas steigen. Dabei wäre es besser, ich würde langsamer fahren, weil die Straße mit Schlaglöchern übersät ist. Ich bin eigentlich kein leichtsinniger Mensch, aber das schnelle Reagieren und das plötzliche Herumreißen des Steuers beginnen mir Spaß zu machen, und nach der Begegnung mit der Aschenfrau und der Sache mit Hamid, ich meine, was kann einem da noch passieren? Die Sonne steht im Zenit, die Hitze flimmert über dem Asphalt und lässt die Straße weich und unwirklich erscheinen. Ich beschleunige sogar noch, und dann tauchen knapp hintereinander zwei Schlaglöcher auf, wie aus dem Nichts. Ich schaffe es gerade noch, dem ersten auszuweichen, das zweite erwische ich aber voll mit dem linken Vorderreifen. Ein böses metallisches Geräusch, dann ein lauter Knall. Der Wagen bricht aus, reagiert nicht mehr, mehrmals dreht er sich um die eigene Achse, zum Glück überschlage ich mich nicht und zum Glück gibt es keinen Straßengraben, in den ich stürzen kann, nur die weite, steinige Einöde. Endlich kommt der Wagen zum Stehen. Ich schaffe es kaum, meine verkrampften Hände vom Lenkrad zu lösen, und als ich aussteigen will, knicken mir die Knie ein. Ich lasse mich neben dem Wagen zu Boden sinken und atme wie ein Fremder. Als ich das Gefühl habe, wieder in meinem Körper angekommen zu sein, sehe ich mir den Schaden genauer an. Der Reifen ist völlig im Eimer und hängt nur mehr in schwarzen Fetzen an der Felge. Ob die Achse etwas abbekommen hat, kann ich nicht sagen. Mit Technik habe ich nichts am Hut, mit Autos schon gar nicht. Einen Reifen gewechselt habe ich auch noch nie. Ich nehme mein Handy vom Beifahrersitz, kein Empfang. Ich versuche, mich zu erinnern, wann ich in Sidi Ifni losgefahren bin, rechne nach und komme zu dem Schluss, dass ich mich ziemlich genau auf halber Strecke zwischen Sidi Ifni und Guelmim befinden muss. Fünfzig Kilometer sind es damit in jede Richtung. Loszumarschieren wäre also Schwachsinn. Es wäre schon dumm, nur zum

Straßenrand vorzugehen und in der prallen Sonne auf den nächsten Wagen zu warten, denn jetzt, am frühen Nachmittag, hat es geschätzte vierzig Grad. Ich hole mir ein Buch aus dem Kofferraum und die nur mehr halbvolle Wasserflasche vom Beifahrersitz. Mit den Schuhen schiebe ich ein paar Steine zur Seite und setze mich auf den freien Fleck, den Rücken an den Wagen gelehnt. Wenn ich den Kopf ganz zurücklege, ist er im Schatten und die Straße habe ich trotzdem im Blick. Sie ist kerzengerade und die Landschaft eben. Wenn ein Wagen kommt, sehe ich ihn früh genug, um reagieren zu können. Ich klappe das Buch auf, beginne dann aber zu singen, statt zu lesen. Den Song von der CD, den mir mein Bruder geschickt hat, *you wrote your name on a paper, and gave it to me, for years in my pocket, where no one could see*. Ich habe die Nummer im Loop gehört, während meiner halsbrecherischen Fahrt zwischen den Schlaglöchern hindurch, mittlerweile kommen mir die Zeilen vor wie von mir selbst geschrieben. Genauso höre ich mich jetzt auch an. So als wäre das mein Song, der meine Geschichte erzählt oder eben die Geschichte von mir und meinem Bruder. Was ist da los? Ich sitze in der Scheiße und fühle mich gut wie schon lange nicht mehr. Hat er es geschafft und mich in den Wahnsinn getrieben? Der Mund wird mir trocken vom Singen, ich trinke, viel Wasser ist nicht mehr in der Flasche. Täusche ich mich oder ist in der Ferne etwas zu hören, so ein altmodisches Tuckern? Ich richte mich auf und entdecke im Norden einen türkisen Farbfleck, der sich langsam nähert. Es ist ein alter VW-Bus, und ich springe auf, laufe vor zum Straßenrand und schwenke die Arme in der Luft. Der Wagen wird langsamer, es ist ein deutsches Kennzeichen, zwei Menschen sitzen drin, ein Mann und eine Frau, sie halten an.

Wie ist denn das passiert, fragt der Mann und steigt aus.

Ich kann ihm seine Verwunderung nicht verübeln. Die Straße ist kerzengerade, und mein Wagen liegt zwanzig Meter weit weg in der Pampa.

Ist Ihnen ein Tier vors Auto gelaufen?

Ein übersehenes Schlagloch, sage ich, Reifenplatzer, und dann ist mir der Wagen ausgebrochen.

Jetzt steigt auch die Frau aus.

Hallo, sagt sie und schaut mit den Händen in den Hüften auf meinen Wagen, der daliegt wie ein gestrandeter Wal. Die zwei sehen aus wie Altachtundsechziger, er schlohweiße Haare, die ihm wild vom Kopf abstehen, sie schwarze Haare mit grauen Strähnen, nachlässig zu einem Zopf gebunden.

Sehen wir uns die Sache mal aus der Nähe an, sagt der Mann.

Wir gehen hinüber zu meinem Wagen. Er tritt mit dem Fuß gegen das Rad. Hört sich nicht gut an, das kann sogar ich beurteilen. Der Mann verzieht das Gesicht und rollt sich unter den Wagen.

Die Achse hat etwas abbekommen, höre ich seine Stimme dumpf unter dem Wagen hervor. Auch wenn wir den Reifen wechseln, können Sie so nicht weiterfahren. Ich kenne in Guelmim eine gute Werkstatt. Die machen dort die Wagen flott, damit die gut durch die Wüste kommen, da kriegen sie Ihre Karre auch wieder hin. Die haben auch einen Abschleppwagen und können den Wagen holen. Packen Sie Ihr Zeug zusammen, wir nehmen Sie mit nach Guelmim.

Vielen Dank, sage ich und gehe zum Kofferraum.

Ich stopfe meine Sachen in die Tasche, hänge mir den Rucksack um, die CD nehme ich aus dem Autoradio und zum Schluss suche ich noch die zerbrochene Sonnenbrille meines Bruders. Die hat es beim Unfall vom Armaturenbrett geschleudert, und ich finde sie unter dem Beifahrersitz.

Als wir zur Straße zurückkommen, wo die Frau noch immer mit ihren Händen in den Hüften neben dem türkisen VW-Bus steht, stelle ich mich vor. Wir drücken uns die Hände, sie heißt Gudrun, er Bernhard. Sie lassen mich hinten einsteigen, und mir fällt ein altes, schweres Tonbandgerät auf, das mit Gurten im Kofferraum festgezurrt ist. Der Wagen startet erst beim dritten Versuch. Bernhard muss gehörig Gas geben, und der alte VW-Motor heult tuckernd auf.

Wie alt ist der Bus, frage ich.

Zweiundvierzig Jahre, sagt Gudrun.

Das wisst ihr aber noch genau.

Wir haben uns den Wagen zur Hochzeit geschenkt, sagt Bernhard, während er mit gepflegten 40 km/h Kurs auf Guelmim nimmt.

Viel schneller dürften wir gar nicht sein, denn der Wagen hat keine Servolenkung und Bernhard deshalb alle Hände voll zu tun, um den Schlaglöchern rechtzeitig auszuweichen.

Was nehmt ihr auf, frage ich und deute nach hinten zu dem altmodischen Tonbandgerät.

Volkslieder, sagt Gudrun.

Ich merke, wie froh sie ist, dass ich gefragt habe. Dass sie stolz ist, auf das, was sie und Bernhard da tun, und glücklich, dass sie darüber erzählen darf.

Anfang der Siebzigerjahre haben wir einen Film gesehen über Paul Bowles, sagt Gudrun. Das ist ein amerikanischer Schriftsteller, der sich in Tanger niedergelassen hat und auch komponiert und die Musik der Einheimischen gesammelt hat. Wir waren damals junge Studenten und völlig fasziniert von dem Leben, das Bowles führte, und so haben wir unser ganzes Geld zusammengekratzt, uns diesen Bus gekauft, und dann haben wir ihn besucht. Ich habe schon von Bowles gehört, unterbreche Gudrun aber nicht. Vage erinnere ich mich daran, die Verfilmung eines seiner Romane gesehen zu haben, irgendetwas mit *Wüste* im Titel, beeindruckt hat mich der Film damals nicht, war ziemlich kitschig, soweit ich mich erinnern kann.

Gudrun erzählt von der Begegnung mit Bowles und wie er sie sofort angesteckt hat mit seiner Faszination für Land und Leute.

Damals war das alles noch politischer, sagt Bernhard. Wir waren zwar Ethnologen und interessierten uns für die Kultur der Wüstennomaden, gleichzeitig ging es aber auch darum, diesen Menschen eine Stimme zu geben.

Er sucht meinen Blick im Rückspiegel, bevor er weiterspricht.

War alles anders damals. Weniger gleichgültig, und es musste auch nicht alles, was man sagte oder tat, gleichzeitig witzig sein.

Bernhard mag die Spaßkultur nicht, sagt Gudrun und tätschelt ihm den Oberschenkel.

So ist es, und das wird auch so bleiben, sagt Bernhard und weicht einem Schlagloch aus, das aussieht wie ein grinsender Mund.

Ich habe das Gefühl, Gudrun hätte gerne noch weitererzählt, bevor der humorlose Bernhard unsere Unterhaltung kühl heruntergebremst hat. Also spiele ich ihr den Ball wieder zu.

Und so habt ihr euer Hobby zum Beruf gemacht, sage ich.

Gudrun nickt stolz.

Wir haben beide in Freiburg Musikethnologie unterrichtet. Bernhard wurde vor drei Jahren emeritiert und ich letztes Jahr. Aber wir halten beide noch Vorträge. Wenn wir auf unseren Reisen neue Entdeckungen machen, dann wollen wir die auch weitergeben.

Und was machst du, fragt Bernhard und reicht mir gleichzeitig mit der Frage eine Wasserflasche nach hinten.

Ich habe verschiedenes studiert und bin dann Sänger geworden, sage ich, während ich die Flasche aufschraube.

Auch ein Musiker.

Gudrun schaut zuerst begeistert Bernhard an und dreht sich dann zu mir um.

Ihr habt wahrscheinlich mehr Ahnung von Musik als ich, sage ich zwischen zwei langen Schlucken aus der Wasserflasche. Ich habe einfach nur das absolute Gehör und eine ganz gute Stimme. War ein reiner Zufall, dass ich das gemerkt habe. Weil mich Musik nie sonderlich interessiert hat. Ich bin auch keiner von diesen Bauchmenschen, die sagen, dass sie die Musik spüren müssen und von irgendwelchen höheren Gefühlen beim Singen sprechen. Ich bin da mehr Kopfmensch und lese die Biografien der Komponisten und historische Bücher über ihre Epoche.

Das ist aber selten unter Sängern, sagt Gudrun.

Ich nicke zuerst nur, weil ich schon wieder einen Schluck genommen und den Mund noch voller Wasser habe.

Ja, in meinem Beruf sind die Bauchmenschen in der Überzahl, sage ich, ist aber gar nicht so schlecht, weil ich mich dadurch von den anderen unterscheide. Ist nicht jedermanns Sache, wie ich manche Lieder interpretiere, aber ich habe noch immer ganz genau sagen können, warum ich ein Lied so singe und nicht anders.

Wer glühende Leidenschaft braucht, ist bei dir an der falschen Adresse, sagt Bernhard, und ich merke, dass er mich und meinen Ansatz mag.

Leidenschaft nur dort, wo sie auch gewollt war, stimme ich ihm zu, und das ist viel seltener der Fall, als die meisten glauben. Zum Singen muss man einfach mit beiden Beinen fest auf dem Boden stehen, und auf dem Stein der Vernunft steht es sich einfach besser als im Sand der Emotionen.

Vor uns flattert ein riesenhafter Vogel auf. Er hat in dem Aas eines totgefahrenen Tieres herumgepickt und wartet jetzt neben der Straße kreischend darauf, dass wir verschwinden. Auf einem geweißten Kilometerstein ist *Guelmim 20* zu lesen.

Noch eine halbe Stunde, sagt Bernhard.

Bleibt ihr in Guelmim oder fahrt ihr weiter?

Wir fahren in die Wüste hinein, sagt Bernhard.

Wir haben von einer kleinen Oase gehört, sagt Gudrun.

Und dort lasst ihr euch von den Einheimischen etwas vorsingen?

Man braucht viel Geduld, sagt Gudrun.

Wenn man gleich das Tonbandgerät aufstellt, bekommt man nur die immer gleichen Lieder zu hören, sagt Bernhard, die Sachen, die bei jedem Volksfest gesungen werden. Es dauert schon eine Weile bis man eines Nachts von irgendwoher die geheimen Klänge aufschnappt.

Die geheimen Klänge, frage ich.

Die Menschen hier würden sich zwar alle als Muslime bezeichnen, sagt Bernhard, tatsächlich gibt es aber noch eine sehr starke animistische Tradition. Mit Geisterbeschwörung und Magie. Das ist eine ganz andere und uralte Musik, die von den orthodoxen Muslimen abgelehnt und bekämpft wird. Deshalb singt das Volk diese Lieder nur im Geheimen.

Ist aber wahrscheinlich nichts für einen Kopfmenschen wie dich, sagt Gudrun mit einem herausfordernden Grinsen.

Wer weiß, sage ich und muss an die Aschenfrau denken, die mir wie eine Traumgestalt vorkommt. Überhaupt die ganze Begegnung. Obwohl sie keinen halben Tag her ist, kann ich mir nicht vorstellen, dass sie tatsächlich stattgefunden hat. Aber dann rieche ich an meinen Fingern, und ich weiß nicht, bilde ich mir das nur ein, oder hängt da noch immer ein leichter Rosenduft?

Wir kennen ein wunderbares Guesthouse in Guelmim, das von einem Franzosen geführt wird, sagt Gudrun, deshalb gibt es auch Wein dort, einen wunderbaren Bordeaux. Das Plätzchen genießen wir immer, bevor es für Wochen in die Wüste geht.

Hört sich gut an, sage ich.

Außerdem ist die Werkstatt, von der ich dir erzählt habe, gleich ums Eck, sagt Bernhard.

Na, dann hoffe ich mal, dass Monsieur noch ein Zimmer und ein Glas für mich hat, sage ich, und Gudrun lacht. Bernhard sehe ich im Rückspiegel kurz schmunzeln, und dann meint er noch, dass François so ziemlich das einzig Gute an Guelmim wäre.

Was er meint, merke ich, als wir nach Guelmim kommen. Ein typischer Durchzugsort, an dem man eine, höchstens drei Nächte bleibt. Am Rand der Wüste gelegen, hat dieser Flecken das Sündige einer Hafenstadt. Das Meer ist der Sand und die Fernfahrer sind die Matrosen, die aus dem Sand kommen oder in den Sand davonfahren. Angespannt, weil sie die gefährliche Strecke noch vor sich, oder erleichtert, weil sie die Fahrt hinter sich gebracht haben. So oder so sind sie auf Ablenkung aus. Wenn es so etwas wie gewissenlose Städte gibt, an denen niemand seinen Namen zurücklassen will, dann ist Guelmim jedenfalls eine davon.

Auf dem Hauptplatz pulsiert das Leben, laute Musik und drängende Menschen, die alle nicht aussehen, als wären sie gerne hier. Aber alles wahrscheinlich besser als das Nichts der Wüste. Noch ein letztes Mal ein Supermarkt mit vollen Regalen, noch ein letztes Mal ein weiches Bett und noch ein letztes Mal umringt sein von Gesichtern, bevor es losgeht in den Sand. Dabei habe ich das unterschwellige Gefühl, Guelmim verkleidet sich nur als Zivilisation und die Wüste hat hier eigentlich schon begonnen.

Wirklich kein sympathischer Flecken, sage ich, als Bernhard den VW-Bus durch die wenig einladenden Gassen mit ihren schmutzigen Fassaden steuert.

Warte auf François, sagt Gudrun.

An der nächsten Kreuzung zucke ich kurz zusammen, weil ich glaube, in der Menschenmenge meinen Bruder zu sehen.

Was ist, fragt Bernhard, der mich anscheinend im Rückspiegel beobachtet hat.

Der streunende Hund hat ausgesehen wie eine Hyäne, sage ich, weil mir nichts Besseres einfällt auf die Schnelle. Ich habe keine Lust, meinen Bruder ins Spiel zu bringen. Es tut gut, mit Bernhard und Gudrun zu reden und nicht an meinen Bruder zu denken. Die beiden müssen nicht wissen, warum ich da bin. Außerdem bin ich mir ziemlich sicher, meinen Bruder bei François zu finden. Wenn wir kommen, sitzen die beiden wahrscheinlich gemeinsam am Tisch, lachen und plaudern, und die Flasche Bordeaux zwischen ihnen ist fast leer.

So, da wären wir, sagt Bernhard und hält vor einem Haus, das auch nicht viel einladender aussieht als der Rest von Guelmim. Der lehmrote Anstrich ist an vielen Stellen abgeblättert und das Holzschild über dem Eingang mit dem Schriftzug *François* hängt schief. Ich nehme meine Tasche und hänge mir auch Gudruns Rucksack um, warte dann aber, bis Bernhard sein Gepäck geholt und den Wagen abgesperrt hat, und lasse die beiden vorangehen. Der Innenraum gibt schon mehr her. In der schummrigen Beleuchtung erkenne ich rechts eine Bar, links einige Tische mit Diwanen und Polstersesseln und dazwischen einen Durchgang in den Hof. An der Bar steht ein Marokkaner, den Bernhard und Gudrun überschwänglich begrüßen. Sie stellen uns vor.

Mustafa ist seit mehr als zehn Jahren die rechte Hand von François, sagt Gudrun, und so wie sie es sagt, vermute ich, dass er und François ein Paar sind.

Ist François gar nicht da, fragt Bernhard.

Unterwegs mit einem Gast, sagt Mustafa, einem netten Kerl, der gestern erst angekommen ist. Interessiert sich für Amulette, und François hat angeboten, ihn zu einigen Händlern zu führen.

Ich habe nicht den geringsten Zweifel, wer der nette Kerl ist, von dem Mustafa spricht. Um sicherzugehen, frage ich Mustafa, ob ich mich schon mal ins Gästebuch eintragen kann.

Gerne, sagt er, holt das Buch unter dem Tresen hervor und schiebt es mir hin. Ich klappe es auf, blättere zum gestrigen Datum, und da steht er tatsächlich, der Name meines Bruders. Ich bin fast ein wenig enttäuscht, dass ich ihn so leicht gefunden habe und unser seltsames Spiel so plötzlich vorbei sein soll. Genugtuung verspüre ich aber auch. Ich werde derjenige sein, der mit einem Glas Bordeaux am Tisch sitzt, und mein Bruder wird die großen Augen machen, wenn er mich entdeckt. Ich versuche, mich zu erinnern. Nein, das hat es noch nicht gegeben. Das ist mit Sicherheit das erste Mal, dass ich meinen Bruder überrasche, und ich bestelle gleich eine Flasche Bordeaux bei Mustafa.

Geht auf mich, sage ich zu Gudrun und Bernhard, als kleines Dankeschön dafür, dass ihr mich gerettet habt.

Schön langsam, sagt Bernhard, jetzt zeigen wir dir zuerst den Rest von François' Reich, das eigentliche Paradies.

Ich folge den beiden in den Hof, einen blühenden Garten mit einem Springbrunnen in der Mitte, rundherum einigen Tischen, dahinter die Zimmer. Ich bin beeindruckt, gleichzeitig aber ungeduldig. Ich will nicht herumstehen, wenn mein Bruder kommt, er soll nicht den Eindruck haben, er überrascht mich, sondern ich will hier sitzen, das Glas Rotwein in der Hand und ihn mit einem Grinsen begrüßen und einfach genießen, wie ihm der Mund ungläubig aufklappt, weil ich ihn aufgespürt habe. Mustafa kommt mit der Flasche und drei Gläsern in den Hof. Ich richte Gudrun und Bernhard die Sessel, aber nur Gudrun setzt sich, Bernhard meint, er gehe erst duschen. Auch gut, habe ich zumindest Gudrun als Zeugin für meinen Triumph. Ich setze mich natürlich auf den Sessel mit Blick zum Eingang hin und lasse den Torbogen auch nicht mehr aus den Augen.

Willst du nicht gleich mal hinüberschauen zur Werkstatt, damit die heute noch deinen Wagen holen, fragt Bernhard noch, bevor er in Richtung Zimmer davongeht. Er versteht mein Verhalten natürlich nicht. Meine Eile, dass ich unbedingt völlig entspannt mit einem Glas Wein im Sonnenuntergang sitzen muss, wenn gleich mein Bruder auftaucht.

Ich nehme es ihm nicht übel, er hat ja keine Ahnung, um was es hier für mich geht.

Hat Zeit, die Werkstatt, rufe ich ihm nach, mit einer Handbewegung, als würde ich das Leben leicht nehmen.

Wenn dein Auto die Nacht über in der Einöde steht, ist morgen vielleicht nicht mehr viel von ihm übrig, sagt Bernhard noch, bevor er endgültig in seinem Zimmer verschwindet.

Ich stoße an mit Gudrun, schaue sie nur kurz an und dann gleich wieder zum Eingang. Der Wein ist ein Traum, aber wahrscheinlich hätte mir in dieser Situation jeder Wein geschmeckt. Mustafa kommt zurück, eine Teetasse in der Hand.

Wie lange sind die beiden schon weg, François und dieser Gast, frage ich.

Mustafa schaut auf die Uhr, fährt mit dem Zeigefinger über das Ziffernblatt, denkt nach.

Mehr als eine Stunde, sagt er, sie müssten bald wieder da sein.

Gudrun und Mustafa beginnen sich auf Französisch zu unterhalten, wahrscheinlich nehmen sie an, ich verstehe Französisch. Ist mir nur recht, wenn ich nicht mitreden kann, ich hätte jetzt ohnehin keinen Nerv dafür. Stattdessen halte ich den Blick gebannt auf den Eingang gerichtet. Wiedersehensfreude ist ein verdammt prickelndes Gefühl, und auch wenn ich meinen Bruder die letzten Tage mehrmals gerne auf den Mond geschossen hätte, dass er jetzt gleich auftauchen wird, dass wir uns diese Nacht bis in die frühen Morgenstunden mit endlosen Gesprächen um die Ohren schlagen werden, dass wir morgen oder übermorgen weiterfahren werden und ich ihm helfen werde bei was auch immer er vorhat hier, das packt mich wie – ich glaube in der Schulzeit zu Beginn der Sommerferien hab ich mich das letzte Mal so gefühlt. Dass da ein Abenteuer losgeht, dessen Ende nicht abzusehen ist.

Jetzt kommt jemand, das muss François sein, ich sehe es an seiner Reaktion, als er Gudrun entdeckt, überschwänglich reißt er die Arme hoch. Mit Sicherheit ist der schwul. Hinter ihm kommt aber keiner mehr, François ist allein.

Wo ist mein Bruder, frage ich François, bevor mir einfällt, dass ja keiner weiß, dass ich mit dem netten Kerl verwandt bin, der seit gestern hier wohnt.

Gudrun schaut mich auch verdutzt an, fast so als würde sie an meinem Verstand zweifeln. Wahrscheinlich hat meine Stimme auch ziemlich schräg geklungen, unnatürlich hoch, passiert mir manchmal, wenn ich aufgeregt bin. Ich frage noch einmal ruhiger nach meinem Bruder und sage dieses Mal auch seinen Namen.

Das ist ja ein Pech, sagt François. Wir waren bei Abdul. Das ist der Händler, der diese Amulette und Geisterstatuen verkauft. Und bei ihm war zufällig der Fernfahrer, der ihn mit diesem schrägen Zeug versorgt. Er brach gerade in Richtung Wüste auf und dein Bruder wollte, dass er ihn mitnimmt, dorthin, wo er diese Gegenstände aufgetrieben hatte.

Und dann ist er mitgefahren, frage ich völlig verzweifelt.

Ja, der Fernfahrer hat ihn, glaube ich, ziemlich abgezockt, sagt François, aber deinem Bruder war das völlig egal.

Wohin sie gefahren sind, hat er nicht gesagt?

Eine Oase, von der ich noch nie gehört habe, sagt François, deshalb habe ich auch den Namen nicht behalten.

Lahna, sagt Gudrun.

Ja, sagt François, genauso hat sie geheißen, und beide schauen wir verdutzt Gudrun an.

Das ist die Oase, zu der wir auch hinwollen, unser Geheimtipp, sagt Gudrun mit einem selbstironischen Schmunzeln, und dann sieht sie mich an, als wäre ich ihr jetzt im Gegenzug eine Erklärung schuldig.

Gewöhnlich fällt es mir schwer, anderen das Verhältnis zu meinem Bruder zu erklären, aber Gudrun strahlt so eine mütterliche Weisheit aus, zu ihr empfinde ich ein so tiefes Vertrauen, dass ich frei von der Leber weg zu erzählen beginne. Minutenlang sprudelt es nur so aus mir heraus, fast als hätte mich ein Therapeut an der richtigen Stelle angestochen und unbekannte Dämme in mir zum Einbrechen gebracht.

Als ich fertig bin, nehme ich einen Schluck, und Gudrun sagt mit einer Stimme, von der ich in dem Moment nicht weiß, habe ich mir die jetzt nur vorgestellt oder sagt sie das wirklich, du kommst einfach mit uns mit. Und dann sagt sie noch, und da weiß ich mit Sicherheit, dass ich mir das nicht einbilde. Und jetzt gehst du hinüber in die Werkstatt und lässt deinen Wagen holen und sagst ihnen, sie können ihn in aller Ruhe reparieren, weil du jetzt erst einmal in der Wüste bist.

François und Mustafa sind während meines Redeschwalls, von dem sie ja kein Wort verstanden haben, aufgestanden und hineingegangen. Jetzt kommt François wieder, mit einer neuen Flasche Wein in der Hand. Gleich darauf taucht auch Bernhard auf, frisch geduscht, die nassen Haare hat er zurückgekämmt, ein Handtuch liegt um seine Schultern.

Ich sehne mich auch nach einer Dusche. Aber zuerst regele ich die Sache mit der Werkstatt. Das lässt Gudrun genügend Zeit, Bernhard alles zu erzählen, ich habe nämlich nicht die geringste Lust, währenddessen daneben zu sitzen.

Wo genau ist die Werkstatt, frage ich Bernhard, und er beschreibt mir den Weg.

Sag, du kommst von mir, dann machen sie dir einen besseren Preis, ruft mir François noch nach.

Die Werkstatt befindet sich gleich an der nächsten Straßenecke, nicht zu verfehlen. Als sie hören, dass ich von François komme, sind sie wirklich gleich um einiges freundlicher. Zwei junge Angestellte bieten an, sofort loszufahren. Außer Sichtweite ihres Chefs schauen sie abwechselnd zur schon tief stehenden Sonne und auf ihre Armbanduhren und machen dazu ein angestrengtes Gesicht. Ich drücke jedem von ihnen einen Geldschein in die Hand, anscheinend einen mehr als angemessenen Betrag, denn ihre Augen strahlen kurz auf und sie versichern mir mehrmals mit Handdruck, dass ich mir ab jetzt um meinen Wagen keine Sorgen mehr machen müsse.

Als ich ihnen nachschaue, fällt mir ein, dass ja auch mein Bruder eigentlich mit einem Leihwagen unterwegs ist und der jetzt, da er mit dem Fernfahrer weitergefahren ist, irgendwo stehen muss.

Als ich zurückkomme, öffnet François an der Theke gerade eine neue Flasche Bordeaux. Mustafa sehe ich in der Küche dahinter mit einigen Töpfen hantieren.

François zieht den Korken aus der Flasche und schaut auf zu mir.

Und, alles geklärt?

Ich nicke.

Danke. Als sie gehört haben, dass ich dich kenne, war alles kein Problem. Was gibt es zum Abendessen, frage ich mit einem Blick in die Küche.

Lamm, sagt François, mit Oliven und Rosmarin. Ich hoffe, du magst Lamm.

Gern sogar, sage ich. Noch etwas anderes. Ist mein Bruder nicht mit einem Leihwagen gekommen?

Ja, sagt François, der steht gleich ums Eck.

Er deutet aus der Tür hinaus und dann nach rechts.

Dein Bruder hat mir den Schlüssel dagelassen, falls der Wagen jemandem im Weg sein sollte.

Kann ich ihn haben, ich würde gerne etwas nachsehen?

Klar, sagt François, greift unter den Tresen und zieht den Schlüssel hervor.

Ist ein kleiner silberner Honda, sagt er, das Kennzeichen steht am Anhänger.

Der Wagen parkt direkt an der Mauer zu François' Guesthouse. Der Kofferraum ist leer, auf der Rückbank liegt eine zerfledderte französische Zeitung, auf der Beifahrerseite am Boden eine halbvolle Mineralwasserflasche. Sonst nichts. Doch. Da. Neben der Handbremse steckt ein graues Kuvert, unbeschriftet, oben aufgerissen. Ich setze mich auf den Beifahrersitz und sehe mich um, als wäre ich im Begriff, etwas Verbotenes zu tun, dann nehme ich das Kuvert in die Hand. Ein zusammengefaltetes Blatt Papier, schwarzer Rand, ein Partezettel. *Annette Füssing*, den Namen habe ich noch nie gehört, *nach kurzer, schwerer Krankheit*, sie war gerade Anfang fünfzig, *am 4. März*, das ist keine vier Wochen her. Und weiter unten der Name meines Bruders und das Wort *Gefährte.* Keine anderen Namen sonst. So als hätte diese Annette Füssing nur für meinen Bruder existiert. Da steckt noch etwas im Kuvert. Ein Foto. Eine Frau, die ich nicht kenne, zusammen mit meinem Bruder auf einer Bank. Dahinter Palmen, exotische Pflanzen, das Meer. Sieht aus wie ein botanischer Garten irgendwo am Mittelmeer. Italien oder Côte d'Azur. Ihre Umarmung hat etwas Symbiotisches, nicht so als wären sie verliebt, eher so als wären sie verwachsen. Ich muss an Siamesische Zwillinge denken und bin plötzlich eifersüchtig. Auch weil mein Bruder einen mir völlig unbekannten Gesichtsausdruck hat, eine Verletzlichkeit, die ich noch nie bei ihm gesehen habe. Zum ersten Mal in meinem Leben tut mir mein Bruder leid.

Ich falte den Partezettel wieder zusammen und stecke ihn zusammen mit dem Foto ins Kuvert zurück. Das Kuvert lege ich wieder an seinen Platz. Dann steige ich aus und versperre den Wagen.

Als ich in den Garten zurückkomme, sitzen Gudrun, Bernhard und François am Tisch.

Alles erledigt, fragt Bernhard.

Alles erledigt, sage ich.

Willkommen an Bord, sagt Bernhard.

Das heißt wohl, dass Gudrun ihm alles erzählt hat und es für ihn in Ordnung geht, dass ich mit ihnen zusammen in die Wüste hineinfahre.

Danke euch, sage ich.

Das Essen ist gleich fertig, sagt François, und da erst merke ich, was für einen Hunger ich habe. Viel gegessen habe ich heute nicht, das letzte waren die Früchte bei der Aschenfrau.

Geht es sich aus, dass ich noch schnell unter die Dusche hüpfe, frage ich.

Genieße es, sagt Gudrun.

Außer uns wohnt noch ein französisches Ehepaar bei François, das gestern schon in Guelmim angekommen ist. Sie haben heute einen Tagesausflug in die Wüste unternommen, ein Tag im Sand ist genug, sagen sie und dass sie weiterwollen zu einer Stadt an der Küste, ein ehemaliger französischer Stützpunkt, an dem Antoine de Saint-Exupéry einige Wochen lang stationiert gewesen sein soll.

Das übersetzt mir Gudrun, weil ich ja kein Französisch verstehe, es stört mich aber gar nicht, dass ich von der Unterhaltung weitgehend ausgeschlossen bin, mir geht ohnehin viel zu viel im Kopf herum. Trotzdem bin ich froh, als Gudrun mich später an die Schulter tippt und zu der Hollywoodschaukel in einer Ecke des Gartens zeigt.

Wollen wir uns da hinübersetzen, fragt sie.

Ja, sage ich, gerne, und wir gehen hinüber, an den Laternen vorbei, die François angezündet hat, als die Dunkelheit eingefallen ist. Die Hollywoodschaukel steht in einem Kiesbett, neben einem hohen Kaktus, der die Arme in die Luft gereckt hat wie die Figur auf der steinzeitlichen Felsritzzeichnung, die Ahmed mir im Antiatlas gezeigt hat. Ich versuche nachzurechnen, wie viele Tage das her ist, aber ich finde keine Anhaltspunkte. Die Zeit weht aus allen Richtungen, genau wie der Wind, der gerade eine der Laternen ausgeblasen hat.

Du hast einiges studiert und bald wieder bleiben lassen, sagt Gudrun, warum?

Es sind immer diese mütterlichen Figuren wie Gudrun, die einen Instinkt besitzen, der fast unheimlich ist. Sie fragt nicht plump nach meinem Bruder, sondern kommt direkt zu dem Punkt, an dem er mein Leben maßgeblich verändert hat.

Mein Bruder ist eineinhalb Jahre jünger als ich und ein Genie, sage ich. Er hat mich in der Kindheit ausgestochen, in der Schule und dann auch auf der Uni. Nach seiner Matura hat er mir einfach hinterherstudiert. Ich kann ihm das nicht einmal vorwerfen, ihm ging es wirklich darum, mit mir gemeinsame Sache zu machen. Tatsache war aber, dass er mich in jedem Fach in kürzester Zeit übertroffen hat. Ich habe ganz bieder mit einem Jusstudium begonnen, bin bei der ersten großen Prüfung durchgefallen, und er hat sie natürlich mit Bravour bestanden. Da habe ich mir gedacht, ich versuche es mit einem Fach, wo es neben dem Intellekt auch auf Kreativität ankommt und habe Architektur inskribiert. Mein Bruder lässt daraufhin auch sein Jus-Studium sausen und macht mit. In den naturwissenschaftlichen Fächern, in Statik und Physik kommen wir beide weiter, er besser als ich, aber der Unterschied ist nicht so eklatant. Ich setze meine ganze Hoffnung auf die künstlerischen Fächer, denn wer sagt, dass ein kluger Kopf wie mein Bruder auch zeichnen oder Häuser entwerfen kann. Was soll ich dir sagen? Der hat Linien aufs Papier gesetzt, als hätte er nie etwas anderes gemacht, und ihm sind Gebäudeformen eingefallen, dass mir schwindlig geworden ist. Also schaue ich mich nach etwas Neuem um. Diesmal etwas Exotisches, denke ich mir, etwas, das ihn unmöglich interessieren kann, und so fange ich an, Japanologie zu studieren.

Statt sich über meine Entscheidung zu wundern, ist mein Bruder aber gleich Feuer und Flamme, stürzt sich in das Meer aus Schriftzeichen und die Flut an unbekannten Lauten, in die fremde Grammatik und die atonale Satzmelodie und schlüpft wie ein Chamäleon in die neue Sprache. Kein Scherz, eines Tages höre ich jemanden reden am Institut, denke mir noch, das muss ein Japaner sein, biege ums Eck und stehe vor meinem Bruder, der nach kaum einem Semester mit einer Japanerin fachsimpelt. Das war der Punkt, an dem ich endgültig aufgegeben habe.

Gudrun schaut mich an mit einer Warmherzigkeit und einem Verständnis, dass ich mich frage, wo sie die hernimmt. Diesen umarmenden Blick hätte ich mir einmal von meiner Mutter gewünscht. Nicht dass mich meine Mutter nicht geliebt hätte, aber so unvoreingenommen angesehen wie Gudrun gerade hat sie mich nie. Bei ihr gab es auch immer ein Unverständnis darüber, dass ich so verkrampft bin. Zumindest glaube ich nicht, dass ich mir das all die Jahre hindurch nur eingebildet habe. Gudrun lässt mich nicht nur ausreden, sie lässt mich auch zu Ende denken. Gerade als mein Blick wieder zurückwandert von der flackernden Laterne zu meinen Händen, fragt sie, und dann?

Ich habe versucht, meinem Bruder aus dem Weg zu gehen. Er hat das überhaupt nicht verstanden, hat mir hinterhertelefoniert, mich in meinem Stammcafé abgepasst und ist abends oft unangekündigt bei mir vorbeigekommen. Er war immer voller Ideen. Schon während des Studiums plante er, gemeinsam mit mir eine Anwaltskanzlei aufzumachen, dann ein Architekturbüro, und zusammen mit mir nach Japan gehen wollte er auch. Das hatte auch alles etwas, und mit jedem anderen wäre ich auch Feuer und Flamme gewesen, diese Ideen in die Tat umzusetzen. Aber mit meinem Bruder war mir klar, worauf die Sache hinauslaufen würde. Es wäre einfach eine Verlängerung meiner Kindheit gewesen. Alle Blicke auf ihm, und mein Leben läuft in seinem Schatten ab.

Ich hole uns jetzt noch einen Wein, sagt Gudrun mit Blick auf unsere leeren Gläser, und dann erzählst du mir das Ende der Geschichte.

Ich schaue zu, wie sie hinübergeht. Das französische Pärchen hat sich zu Bernhard, François und Mustafa gesetzt. Sie diskutieren leidenschaftlich. Drei Flaschen haben sie schon geleert, sie liegen und stehen neben dem Tisch, François entkorkt gerade die vierte. Gudrun deutet einen Kleinmädchenknicks an und hält François unsere Gläser hin. Den ganzen Weg zurück lässt sie mich nicht aus den Augen. Sie sieht mich an, als wäre sie stolz auf mich und dankbar, dass ich ihr meine Geschichte erzähle und neugierig darauf, wie sie weitergeht. Sie sieht mich an, wie Menschen gewöhnlich meinen Bruder ansehen.

Hier, sagt sie und reicht mir mein Glas.

Wir stoßen an, und da merke ich etwas. So wie Gudrun mich behandelt, das hat einen Schalter in mir umgelegt. Ich kann auf einmal auf meine Vergangenheit schauen wie auf die eines Fremden, und da gefällt sie mir plötzlich, sodass ich zum ersten Mal in meinem Leben nicht tauschen will mit einem anderen Menschen oder mit meinem Bruder.

Zum Singen bin ich durch Zufall gekommen, erzähle ich Gudrun. Meine Freundin war in einem Chor, einmal hat sie mich mitgenommen, und weil ich damals nichts mehr zu verlieren hatte, habe ich einfach drauflosgesungen und gleich gemerkt, dass sich das nicht so schlecht anhört. Dabei habe ich vorher nichts mit Musik am Hut gehabt. Meine Eltern sind beide völlig unmusikalisch, bei uns im Regal standen Schlagerplatten, keine Klassik, nicht mal den obligatorischen Mozart hat es bei uns gegeben. Bei einem Familienessen hat mein Bruder Wind von der Sache bekommen, er hat aber keine Anstalten gemacht, zur nächsten Probe mitzukommen. Keine Ahnung warum, aber mit dem Singen hat er es nicht einmal versucht. Mich hat das richtig angefeuert, endlich etwas nur für mich zu haben, ohne einen Bruder, der hinter meinem Rücken schon tief Luft holt. Ich habe nichts anderes mehr gemacht, die Tage nur noch mit Singen verbracht und bald gemerkt, wie unser Chorleiter beeindruckt ist von meinen Fortschritten. Bald darauf bietet er mir eine Solopartie an. Das Konzert wird ein Erfolg, im Anschluss kommt ein Mann zu mir und lädt mich ein, bei ihm auf dem Konservatorium Gesang zu studieren. Er verspricht mir einen sicheren Platz in seiner Klasse, Aufnahmeprüfung brauche ich keine, ihm reicht, was er heute Abend gehört hat.

Und seitdem singst du?

Seitdem singe ich. Für einen Außenstehenden hört sich das wahrscheinlich aufregend an, aber letztlich bin ich einer unter vielen. Durch die Fülle an Sängern sind die Gagen auch nicht wirklich hoch, aber ich schlage mich ganz gut durch. Ich komme über die Runden und das Singen macht mir noch immer Spaß.

Und trotzdem fehlt dir etwas?

Langsam wird mir Gudrun unheimlich mit ihrem punktgenauen Nachhaken.

So froh ich bin, meinen Bruder abgeschüttelt zu haben, so sehr habe ich manchmal auch das Gefühl, etwas zu versäumen, weil ich ihn aus den Augen verloren habe.

Was macht dein Bruder jetzt?

Dies und jenes. Er ist nach Japan gegangen und hat als Übersetzer und Sprachlehrer gearbeitet, er ist zurückgekommen und hat ein japanisches Restaurant aufgemacht, und zuletzt hat er, soviel ich weiß, in einem Auktionshaus gearbeitet und sich eine beeindruckende Expertise für asiatische Kunst angeeignet. Und weil er auch noch einen ziemlichen Charme besitzt, macht er ganz unglaubliche Umsätze. Fertig studiert hat er übrigens nichts, musste er auch nie, weil er ohnehin alles im Handumdrehen beherrschte.

Und wie ist euer Verhältnis jetzt?

Wir haben uns seit zwei Jahren nicht gesehen, und dann ist vor zwei Wochen plötzlich ein geheimnisvolles SMS gekommen. Er würde nach Marokko fliegen und fragte, wo ich sei? Ich habe ihn angerufen, aber bei seinem Handy hat sich immer nur die Mailbox gemeldet.

Und da bist du ihm hinterhergeflogen?

Ja, sage ich, findest du das schräg?

Ich weiß nur, dass viele andere das nicht für ihren Bruder tun würden, sagt Gudrun. Und du hast keine Ahnung, was er von dir will?

Ich habe in seinem Auto einen Partezettel gefunden, sage ich. Anscheinend eine gute Freundin von ihm. Er hat aber nie von ihr erzählt.

Beim Aufwachen habe ich einen trockenen Mund. Wir sind noch bis zwei Uhr morgens zusammengesessen. Vor dem Schlafengehen habe ich den anderen noch etwas vorgesungen. Ein Zeichen, dass ich ziemlich viel getrunken haben muss. Sonst mache ich das nicht. Auf einer Party zu singen. Hat etwas Anbiederndes. Einige meiner Kollegen machen das regelmäßig. Ich kann diese Typen nicht sonderlich leiden.

Es ist schon nach zehn. Wenn ich mich strecke, kann ich den Vorhang erreichen. Ich ziehe ihn ein Stück zur Seite. Gudrun und Bernhard sitzen schon im Garten und frühstücken. François hat ihnen einen großen Sonnenschirm aufgespannt. Gudrun schaut herüber, ich winke, sie sieht mich aber nicht, wahrscheinlich spiegelt das Glas. Ich wasche mir nur kurz das Gesicht und schlüpfe in meine Sachen. Das meiste Gewand, das ich eingepackt habe, ist nichts für hier. Ich muss mir auf dem Markt unbedingt noch kurze Hosen und ein paar dünne T-Shirts kaufen. Meine sind schon alle durchgeschwitzt. An Waschen habe ich auf der Reise noch gar nicht gedacht. François hat bestimmt eine Waschmaschine, ich werde ihn beim Frühstück fragen.

Als ich vor die Tür trete, blendet mich die Sonne. Aus dem Haus kommt Musik. Ein Chanson von Jacques Brel. Ich mag seine Sachen unheimlich gerne. Eine

Zeit lang bin ich sogar mit einem Brel-Abend durch die Lande getourt. War ein kleiner Erfolg damals. Mich hat Brels aufregendes Leben fasziniert. Hat sich irgendwann ein Segelboot gekauft und ist in die Südsee gefahren. Auf dieselbe Insel wie Gauguin. Er ist keine hundert Meter von ihm begraben. Den Chanson, der jetzt gerade aus Mustafas Küche kommt, liebe ich besonders. Verdammt, ich kann mich nicht erinnern, wie er heißt, aber meine Lieblingszeile habe ich mir gemerkt. *Es gibt die Lebenden und ich bin auf See,* heißt es da. Könnte eine Nachricht von meinem Bruder sein, dem Geist, der sich auf die Suche nach Geistern gemacht hat.

Guten Morgen, sage ich.

Einen wunderschönen guten Morgen, sagt Bernhard und richtet mir den Sessel.

Er ist offener als gestern, kommt mir vor, nicht mehr so spröde.

Schwarzen Kaffee, fragt er und greift zur Kanne, da kneift er die Augen zusammen.

Keine plötzlichen Bewegungen, sagt er zu sich selbst, Monsieur Bordeaux hat seinen Logenplatz in meiner rechten Schläfe noch nicht verlassen.

Ja, sage ich, hat sich ausgezahlt gestern Abend.

War schön, sagt Gudrun und lächelt mich komplizenhaft an.

Was sind unsere Pläne für heute, frage ich.

Alles besorgen, was wir für die Wüste brauchen, sagt Bernhard, und zwar in Zeitlupe.

Ich kann mir vorstellen, dass du ungeduldig bist, sagt Gudrun, aber passt es, wenn wir erst morgen aufbrechen?

Auf einen Tag früher oder später kommt es nicht an, sage ich, außerdem habe ich auch noch einiges zu erledigen. So kann ich wohl kaum in die Wüste, sage ich und zeige auf meine Jeans, die mir nach drei Minuten in der Sonne schon an den Beinen klebt.

François kommt aus der Küche.

Omelette oder lieber Ham and Eggs, fragt er.

Omelette ist gut, sage ich, und wenn du gegen meinen Brand noch ein Glas Orangensaft hast, falle ich dir um den Hals.

Na dann, sagt François und lässt absichtlich die Tunte heraushängen, für den Mann mit der erotischen Stimme mache ich alles.

Mustafa ruft auf Französisch etwas aus der Küche und Gudrun lacht.

Was hat er gesagt?

Dass er mithört, sagt Gudrun.

Ich nehme einen Schluck von dem Kaffee und lasse mich zurücksinken.

Ich habe geschlafen wie ein Baby, sage ich.

Auf dem Markt zeigt Bernhard mir grob gewebte Leinenhosen. Die hätten sich in der Hitze bewährt, meint er, und ich kaufe drei Paar. Außerdem nehme ich noch einen Stapel T-Shirts mit. François' Waschmaschine ist kaputt, und ich habe nichts mehr zum Anziehen. Dann kommen wir zu den Souvenirständen für die Touristen. Das meiste ist völliger Ramsch, hat François uns erklärt und uns den Namen des Händlers aufgeschrieben, zu dem er meinen Bruder gebracht hat. Besonders einladend sieht der Shop nicht aus. Die Scheiben schmutzstarrend und die vermeintlichen Antiquitäten liegen lieblos herum wie Ersatzteile in einer Autowerkstatt.

Wir kommen von François, sagt Bernhard zu dem Händler.

In Guelmim scheint das unser *Sesam öffne dich* zu sein, das Türen aufgehen lässt, die sonst verschlossen bleiben würden.

Ah, chez François, sagt der Händler.

Ich erzähle ihm, dass mein Bruder gestern hier in seinem Laden war und frage ihn, ob er ihm etwas abgekauft hat.

Ein Instrument, sagt der Mann, und da werden auch Gudrun und Bernhard neugierig.

Eine Malanga, fügt er hinzu.

Ich schaue fragend zu Gudrun und Bernhard hinüber.

Gehört habe ich schon von diesen Malangas, sagt Bernhard, ich habe auch schon historische Darstellungen gesehen, in dem Buch von Stewart aus dem späten neunzehnten Jahrhundert, diese Federzeichnung, das war doch eine Malanga, fragt er in Richtung Gudrun.

Gudrun nickt.

Das ist ein Tongefäß, eine Art bauchige Flöte, erklärt mir Gudrun, die wird in den Sand gesetzt, und der Wind erzeugt den Klang. Weil der Sand aber immer wieder andere Grifflöcher verstopft, ergeben sich immer wieder neue Melodien. Die Einheimischen sagen, dass die Geister durch diese Malangas singen.

Und mein Bruder ist mit dem Fernfahrer mitgefahren, der Ihnen diese Malanga gebracht hat, frage ich.

Ja, sagt der Händler, Sarandib war zufällig gerade im Laden, hat noch kurz auf einen Tee bei mir vorbeigeschaut, bevor er sich wieder auf den Weg in die Wüste gemacht hat, und er hat Ihren Bruder mitgenommen. War nicht ganz billig, aber Ihr Bruder scheint ja Geld zu haben. Ich meine, für die Summe, die er mir für die Malanga bezahlt hat, kann ich locker zwei Monate leben.

Sehr klug ist das nicht von deinem Bruder, sagt Bernhard, als wir wieder draußen auf der Straße sind, so mit dem Geld herumzuwerfen. Und dann allein mit einem Fernfahrer in die Wüste hineinzufahren.

Meinem Bruder passiert nichts, sage ich. Du kennst ihn nicht, aber der hat so eine Art, dem tut keiner was.

Blödsinn, sagt Bernhard und schüttelt den Kopf, aber Gudrun schaut, als würde sie wissen, was ich meine.

Na, hoffentlich ist das nicht der nächste, den wir am Straßenrand aufsammeln, sagt Bernhard, ohne Geld, ausgezogen bis aufs Hemd und womöglich auch noch zusammengeschlagen.

Dagegen bin ich ja noch ein richtig glimpflicher Fall, sage ich und lächle völlig entspannt, weil ich mir alles andere vorstellen kann, nur nicht meinen Bruder, der in Unterhosen und mit blauem Auge durch die Wüste stolpert.

Hoffen wir, dass dir das Scherzen morgen nicht vergeht, sagt Bernhard und geht ein paar Schritte vor. Gudrun deutet mir, ich solle ihn lassen, und so trotten wir ihm hinterher.

Wenn ich Wüste höre, denke ich an Sand, wir sind die letzten drei Stunden aber nicht durch goldbraune Dünen gefahren, sondern durch eine eintönige Ebene aus ausgebleichter und aufgesprungener Erde und knochenweißen Steinen. Alle paar Kilometer macht die Straße eine leichte Kurve, warum weiß keiner, hier ist nichts, und sie hätte genauso gut kerzengerade weiterführen können. Auch der Himmel ist nicht blau über der Wüste, sondern genauso ausgebleicht wie der Erdboden. Am Horizont fließen sie ineinander, Himmel und Erde, so als wären sie eins. Als ob in der Wüste der erste Schöpfungstag rückgängig gemacht worden wäre. Falls Gott jemals Himmel und Erde getrennt hat, hier sind sie wieder zusammengeronnen zu der Ursuppe, die sie einmal waren.

Und? Was sagst du, fragt mich Bernhard.

Was meinst du?

Die Erfahrung der Leere, sagt er, ist doch eine seltsame Sache. Oder geht es nur mir so?

Ich verstehe, dass die Menschen diese Malangas erfunden haben, sagt Gudrun, um der Leere zumindest irgendeine Stimme zu verleihen.

Wäre doch ein guter Ort, um zu singen, sagt Bernhard. Sich ins Nirgendwo stellen und aus voller Brust ein Lied schmettern. In einem Film wäre das eine Gänsehautszene. Die Kamera zuerst ganz weit weg, man weiß nicht, wer oder was dieser Fleck in der unendlichen Weite ist, hört aber schon etwas, erste zaghafte vom Wind herbeigetragene Stimmfetzen, dann sieht man, da steht ein Mensch, versteht die ersten zusammenhängenden Zeilen, die Melodie ist aber noch immer zerrissen. Und dann, Minuten später, sind Kamera und Mikrofon endlich nahe genug an ihm dran, man sieht die Lippenbewegungen und die Kraft, die es den Mann kostet, gegen Wind und Leere anzusingen, und es packt einen eine unbestimmte Demut vor dieser Anstrengung und eine Bewunderung, weil man in der scheinbaren Nutzlosigkeit dieses Unterfangens doch einen Sinn spürt.

Gudrun hat den Kopf an Bernhards Schulter gelegt.

Ich überlege gerade, welches Lied hierherpassen würde, sage ich. Schuberts Requiem vielleicht?

Warum so morbid, fragt Gudrun, was ist mit Bachs Schöpfung? Hier in der Wüste wird einem doch klar, dass Gott Himmel und Erde unmöglich durch Sprechen geschaffen haben kann. Gott hat die Schöpfung mit Sicherheit gesungen. Mit einem Bariton, der alles hat zittern lassen.

Da glaube ich lieber daran, sagt Bernhard, dass das dünne Pfeifen einer Malanga Himmel und Erde, Erde und Wasser und Tiere und Menschen geschaffen hat.

Schön wär's, sagt Gudrun, dann wäre die Menschheit vielleicht ein wenig zarter besaitet.

Die DNA hätte sich vielleicht in die andere Richtung eingedreht, sagt Bernhard, mit wer weiß welchen Folgen.

Eine verkehrt eingedrehte Gen-Strickleiter, sagt Gudrun, auf solche Idee kommst auch nur du.

Das bin nicht ich, sagt Bernhard, das ist die Wüste.

Ich sehe ihn grinsen im Rückspiegel, verdammt jugendlich wirkt er auf einmal, als hätte sein Gesicht eine Zeitreise gemacht und er für Momente in den Lausbuben zurückgefunden, der er einmal war. Gudrun schaut ihn an, als hätte sie ihn gerade beim Indianerspielen kennengelernt. Ich habe nie an die romantische Vorstellung von einer lebenslangen Beziehung geglaubt. Seit ich Bernhard und Gudrun kenne, bin ich mir aber nicht mehr so sicher. Vielleicht ist es aber auch die Wüste, die das macht. Vielleicht verstehen sie einander sonst nicht halb so gut. Vielleicht fahren sie deshalb seit über vierzig Jahren in diese sengende Leere, nicht um die Stimmen der Geister aufzunehmen, sondern um sich von ihnen zusammenschweißen zu lassen. Ich bin noch nicht lange hier, aber ich spüre schon, da ist eine Kraft, die ich nicht kenne, die aber eine gehörige Wirkung hat. Und dass mein Bruder genau hierhergekommen ist, um mit dem Tod seiner Freundin fertigzuwerden, ist sicher auch kein Zufall.

Bernhard hält plötzlich den Wagen an.

Draußen ist nichts, und Gudrun und ich schauen ihn fragend an.

Wortlos steigt er aus und holt das alte Tonbandgerät aus dem Kofferraum.

Los, ruft er mir zu, du singst jetzt.

Ich schaue zu ihm, dann zu Gudrun.

Komm schon, sagt sie.

Ich steige aus dem Wagen. Die Luft ist heiß und durch ihre Trockenheit ganz dünn.

Wohin willst du dich stellen, fragt Bernhard, der den schweren Koffer mit dem Aufnahmegerät in der Hand hat.

Ich sehe mich um. Die Landschaft sieht in allen Richtungen völlig gleich aus.

Da drüben, sage ich und zeige irgendwohin.

Bernhard baut das Gerät auf und holt dann noch ein Kabel, ein Mikrofon und einen Mikrofonständer aus dem Kofferraum. Seelenruhig richtet er alles in der glühenden Hitze ein.

Zum Glück geht kein Wind, sagt er, während er den Mikrofonständer für meine Größe einrichtet.

Gudrun, ruft Bernhard und hält ihr die Kopfhörer hin. Soundcheck!

Und was machst du, fragt sie.

Einen Augenblick, sagt Bernhard und läuft zum Wagen zurück. Kurz verschwindet sein Oberkörper im Kofferraum, dann taucht er wieder auf und hält triumphierend eine alte Super-8-Kamera in die Höhe.

Und, weißt du schon, was du singst, fragt er mich.

Lass dich überraschen, sage ich, dabei habe ich selber noch keine Ahnung.

Sing mal irgendetwas, sagt Gudrun und drückt sich die Kopfhörer an die Ohren.

Und da fange ich an, ohne gleich zu wissen, was ich da singe, einfach den Song, der mir als erstes einfällt. Erst beim Refrain erkenne ich ihn. *A Life of Parties and*

Wisdom. Es ist der Song von der CD, die mir mein Bruder im Antiatlas unter die rote Strickhaube gesteckt hat. Ich kann zwar nicht den ganzen Text auswendig, das ist mir aber egal. Wo ich nicht weiter weiß, summe ich oder singe einfach Wörter, die in Silbenzahl und Klang passen, muss ja nicht immer alles einen Sinn ergeben auf dieser Welt.

Ich habe den Song mehrmals hintereinander gesungen, und Bernhard ist die ganze Zeit über mit der Kamera um mich herumgewuselt bis er einen ganz roten Kopf hatte. Einmal ist er so weit in der Ferne verschwunden, dass Gudrun sich schon Sorgen gemacht hat. Ich habe es an ihrem Blick gesehen. Jetzt sitzen wir wieder im Wagen, haben jeder eine Flasche Wasser ausgetrunken und Gudrun versucht gerade auf der Karte zu erraten, wo wir sind. Anhaltspunkte in der Landschaft gibt es keine, sie rechnet einfach. Die Fahrtzeit mal Bernhards vernünftiger Durchschnittsgeschwindigkeit.

Hier etwa müssen wir sein, sagt sie und zieht mit dem Zeigefinger einen kleinen Kreis auf der Karte, ziemlich lange macht sie das, als würde sie etwas einzeichnen wollen, hier, wo so gar nichts ist. Doch da taucht tatsächlich etwas auf am Horizont. Fast ein Schreckmoment nach der stundenlangen Leere. Eine Baracke, davor zwei Lastwagen, der eine ein uraltes Modell. Der Form der Motorhaube nach zu schließen, muss er mindestens aus den Siebzigerjahren stammen, orange lackiert ist er, auf die Fahrertür ist ein arabisches Zeichen gemalt. Vier Männer, gekleidet wie Beduinen, sitzen vor der Baracke unter einer Markise und trinken Tee, ein langes weißes Tuch um den Kopf gewunden, sodass ihre Gesichter nicht zu erkennen sind.

Bernhard bleibt stehen.

Wirf einen Blick hinein, ob dein Bruder da ist, sagt er.

Als ich aussteige und auf die Männer zugehe, stehen die auf. Ein breites Grinsen, und dann umarmen sie mich.

Brave man, sagt einer von ihnen.

Ich glaube nicht wirklich, dass sie mich bewundern dafür, dass ich freiwillig die Strapazen einer Wüstendurchquerung auf mich nehme, eher bemitleiden sie mich, dass ich nichts Besseres mit meinem Leben anzufangen weiß.

Ich frage, ob sie einen Ausländer gesehen haben, einen Mann, der mir ähnlich sieht, und zeige dabei auf mein Gesicht. Sie sprechen auf Arabisch miteinander und schütteln dann den Kopf.

No, sorry, sagt einer und zeigt dann in die Wüste hinein. Nein, es ist kein Zeigen, sondern ein seltsames Flattern der Finger. So als hätte sich mein Bruder aufgelöst in dem hitzeflirrenden, steinernen Meer oder als gäbe es keine sicheren Koordinaten mehr südlich von hier.

Ich deute in die Baracke hinein und sie sehen mich erstaunt an. Was ich da drinnen will, fragt ihr Blick, doch sie schütteln die Schultern. Mach, was du willst, heißt das wohl. Ich ducke mich durch die gerade brusthohe Türöffnung und bleibe gleich wieder stehen, weil ich überhaupt nichts erkennen kann. Erst langsam gewöhnen sich meine Augen an die Dunkelheit, aber als es so weit ist, drehe ich auch schon wieder um. In dem Raum ist nichts außer einem einfachen Bettgestell und einem Gaskocher, auf dem ein Topf mit Tee steht.

Ich winke den Männern noch einmal zu, dann steige ich wieder zu Bernhard und Gudrun in den Wagen.

Zwei Stunden später noch immer das gleiche Bild. Eine Leere aus Steinen und aufgebrochener Erde, und ich nehme ein seltsames Phänomen an mir wahr.

Geht es euch auch so, frage ich Bernhard und Gudrun, dass ihr euch trotz der Weite so beengt fühlt?

Die beiden schauen einander wissend an.

Stufe zwei, sagt Bernhard.

Heißt was, frage ich.

Stufe eins ist das Staunen, sagt Gudrun, die Landschaft beeindruckt dich. Weil sie so leer ist, so abweisend und weil sie nichts von dir wissen will. in Stufe zwei geht dir die Leere an den Hals und beginnt dir langsam die Gurgel zuzuschnüren.

Dann gibt es hoffentlich auch noch eine Stufe drei.

Wenn du glaubst, du kriegst keine Luft mehr, sagt Gudrun, löst sich dieser Klammergriff auf einmal und du kippst in die Wüste wie in einen Trip. Die Leere wird zum Paradies, und du kannst dir überhaupt nicht mehr vorstellen, dass du einen Horizont aushältst, der höher ist als knöchelhoch.

So, sagt Bernhard und greift hinüber zum Handschuhfach. Zeit für unsere Zeitreise.

Er holt eine Kassette hervor und steckt sie, ohne mir das Cover zu zeigen, in das alte Autoradio. Schon nach dem ersten Takt weiß ich, wer da singt.

Und, erkennst du den guten Mann?

Das ist leicht, sage ich, die Stimme kannst du nicht verwechseln. Van Morrison. Welches Album das ist, kann ich dir aber nicht sagen.

Die Kassette ist exakt so alt wie der Wagen, sagt Bernhard, *Astral Weeks*. Wir haben das Album damals rauf- und runtergehört. Zeit hatten wir ja genug auf unserer Fahrt durch halb Europa und ganz Marokko.

Ich kann die Texte heute noch auswendig, sagt Gudrun, jede einzelne Zeile.

From the far side of the ocean / If I put the wheels in motion / And I stand with my arms behind me / Could you find me?

Genauso stelle ich mir meinen Bruder vor. Die Arme hinter dem Rücken verschränkt, wie ein Feldherr steht er da und überblickt alles und schaut mir zu und wartet, ob ich ihn finde. Ist schon ein Phänomen, mein Bruder. Sogar die Songs, die er mir nicht schickt, drehen sich um ihn.

Habt ihr Hunger?

Gudrun greift hinunter zur Kühltasche, die sie zu ihren Füßen abgestellt hat.

François hat uns für die Fahrt noch drei seiner Spezialbaguettes gemacht.

Wer könnte da widerstehen, sagt Bernhard und lässt sich von Gudrun sein Baguette auswickeln.

Was ist mit dir?

Später, sage ich.

Bei Van Morrison dudelt eine Flöte, dann singt er wieder, zigmal dieselben Zeilen.

To be born again / In another world / In another time.

Bernhard und Gudrun kauen genüsslich, als würden sie sich in ihre Wiedergeburt hinüberessen.

Ich hab's mir überlegt, sage ich. Ich esse mein Baguette auch gleich.

Am späten Nachmittag erreichen wir Zag. Wie Guelmim zum Quadrat. Ein trostloses Drecksnest mit einem winzigen Markt, in dem man nur das Notwendigste bekommt. Kaum Leute auf der Straße. Ein Ort, in dem man eine Nacht verbringt und am nächsten Morgen schaut, dass man weiterkommt. Wer lebt hier freiwillig? Oder wurden die Leute hier von der Regierung zwangsangesiedelt, Kriminelle, die man vor die Wahl gestellt hat, Gefängnis oder Zag?

Kurz nach Zag ist die Abzweigung, sagt Bernhard während er zielstrebig durch die staubigen Gassen fährt. Anscheinend weiß er genau, wohin er will.

Welche Abzweigung?

Die Hauptroute führt weiter kerzengerade in den Süden, sagt Bernhard, und dann gibt es noch eine Sandpiste, die zu unserer versteckten Oase Lahna führt. Einen halben Tag vielleicht noch von hier.

Bernhard bleibt vor einem Lehmhaus stehen, das genauso aussieht wie alle anderen Lehmhäuser in Zag. Rosa getünchte Fassaden, auf dem Dach eine Satellitenschüssel, daneben auch noch Antennen und kreuz und quer gespannte Stromleitungen. Über dem Eingang ein Schild mit der Aufschrift *Ali Baba Guesthouse*, patzige, mit Pinsel gemalte türkise Buchstaben, *Ali Baba* so groß geschrieben, dass *Guesthouse* zusammengestaucht in der rechten unteren Ecke klebt.

Dort kann man abends noch ganz gemütlich seinen Tee trinken, sagt Gudrun und zeigt zu dem Flachdach hinauf, über dem ein Baldachin aufgespannt ist.

Oder sein Bier, sage ich.

Bernhard schüttelt den Kopf.

Da muss ich dich enttäuschen, Alkohol gibt's hier nur versteckt. Wenn du ein Bier trinken willst, musst du dich in ein dunkles, stickiges Loch verkriechen. Wenn's dir wichtig ist, kann ich dir den Laden zeigen, ist aber nicht zu empfehlen.

Der Mann an der Rezeption stellt sich mit einem breiten Grinsen unter seinem Schnauzer als Ali Baba vor. Er ist freundlich, seine Zimmer nicht. Gestampfter Lehmfußboden, ein einfaches Bettgestell, eine Waschmuschel, die unten offen ist, das Wasser verschwindet einfach in einem Loch im Boden. Klo und Bad befinden sich hinter einer Mauer im Hof. Es riecht nach Urin.

Ali Baba hat uns zum Abendessen Huhn mit Couscous angeboten. Gudrun und Bernhard haben gemeint, sie würden lesen bis dahin, ich werfe nur meine Tasche aufs

Bett und mache eine Runde durch Zag. Groß ist der Ort nicht. Fünf Minuten folge ich der Straße, dann erreiche ich das Ende dieser trostlosen Ansiedlung. Es geht eine kleine Anhöhe hinauf, viel sehen wird man von da oben aus nicht, aber was soll ich sonst machen, schon wieder zurückzugehen habe ich keine Lust.

Oben setze ich mich auf einen Felsen und sehe der Sonne beim Sinken zu. Sie sieht aus wie ein glutroter Orden, verliehen an die Erde, dafür, dass sie diesen Tag überstanden hat. Der Himmel nimmt jetzt langsam wieder Farbe an, ein leichter Blauton im Weißgrau der Landschaft. Zag ist in einem öden Schachbrettmuster angelegt, eine Straße wie die andere, und in derselben Regelmäßigkeit sind die staubigen Satellitenschüsseln ausgerichtet, alle in eine Richtung starrend, wie die Gläubigen beim Gebet. Menschen sehe ich keine, die sitzen vor ihren Fernsehern und den Bildern, die ihre Sattelitenschüsseln ihnen zuwerfen. Doch auf der anderen Seite der Anhöhe entdecke ich jemanden, eine gebückte Gestalt, die aussieht, als ob sie etwas sucht. Jetzt kauert sie sich hin und füllt etwas in einen Beutel. Ich gehe näher. Der Mann ist ziemlich groß, auf dem Kopf trägt er eine Kappe mit einem langen Nackenschutz gegen die Sonne, dazu Trekking-Sandalen, mit Sicherheit ist das kein Marokkaner. Ich frage mich nur, was er hier aufsammelt, denn außer Steinen gibt es hier nichts. Er scheint aber völlig versunken in seine Tätigkeit. Ich begrüße ihn aus der Weite, um ihn nicht zu erschrecken. Er reagiert nicht. Ich gehe näher, spreche ihn noch einmal an, wieder keine Reaktion. Erst als ich so nah bin, dass mein Schatten auf ihn fällt, schaut er konsterniert auf.

Ah, hallo, sagt er und zieht sich zwei kleine weiße Kopfhörer aus den Ohren.

Er hat einen schwäbischen Dialekt und einen weltfremden Blick. Seine Nase hat einen seltsam hohen Rücken und steht wie eine Trennwand zwischen seinen Augen. In der Hand hält er einen Zellophanbeutel mit dunklen Kugeln darin. Ich gehe näher, um zu sehen, was das ist. Er merkt natürlich, wie ich starre, und hält mir den Beutel hin.

Losung, sagt er, von einem Fenek.

Ich verstehe kein Wort.

Kot, sagt er, von einem Wüstenfuchs.

Aha, sage ich, mehr aus Höflichkeit als aus Verständnis dafür, dass man in der Wüste Fuchsscheiße einsammelt.

Der Fenek ist vom Aussterben bedroht und anhand der Losung lässt sich feststellen, wie viele Tiere es in der Gegend noch gibt.

Und, frage ich.

Schaut nicht gut aus, meint er, sind sicher nicht mehr als fünf hier rund um Zag.

Wie sehen diese Feneks aus?

Er zieht ein Büchlein aus einer Tasche seiner ärmellosen Weste, blättert zu einem Lesezeichen und zeigt mir die Zeichnung eines zierlichen Fuchses, klein wie ein Kaninchen, mit Ohren, die größer sind als der Kopf des Tieres.

Ich habe es hier aber noch nicht geschafft, einen Fenek zu sehen, sagt er. Die sind unglaublich scheu.

Für gewöhnlich hätte ich mich jetzt verabschiedet und wäre weitergegangen, aber da fällt mir etwas ein, was mein Bruder einmal zu mir gesagt hat. Damals hat er gemeint, dass es immer ein Glück ist, wenn man einem Menschen begegnet, den man überhaupt nicht versteht, ja den man vielleicht sogar für einen völligen Narren hält. So einen trifft man nicht alle Tage, so einen soll man nicht so schnell wieder fortlassen. Man soll ihn zum Essen einladen oder die Nacht mit ihm durchtrinken, das kann anstrengend werden, aber am nächsten Tag hat man neben einem Kater auch einen neuen Blick auf die Welt.

Wo wohnst du, frage ich ihn.

Er schaut mich verwundert an.

Bei Ali Baba, sagt er, gibt doch sonst nichts in Zag.

Das wusste ich nicht, sage ich, bin zum ersten Mal hier.

Bei mir sind es heute genau drei Monate, sagt er, noch eineinhalb Jahre, dann bin ich fertig.

Da hast du ja noch einiges vor dir, sage ich.

Zum Glück, ich genieße meine Arbeit.

Ich schaue ihm zu, wie er mit einem orangen Plastikschäufelchen, genauso eines wie es Kinder in der Sandkiste verwenden, drei Kotkugeln aufnimmt und in seinen Zellophanbeutel rollen lässt. Wenn irgendetwas dran ist an der Theorie meines Bruders, dann sollte ich mich heute Abend mit diesem Typen betrinken.

Ich stelle mich vor und halte ihm die Hand hin.

Norbert, sagt er, und sein Blick verrät, dass er es nicht gewohnt ist, dass man seine Nähe sucht, und er nicht weiß, was er von meinem Vorstoß halten soll.

Wie weißt du, ob der Kot von einem oder von verschiedenen Tieren stammt, frage ich.

Auch eine Sache, die ich von meinem Bruder habe. Willst du dich sympathisch machen, dann erzähle nicht von deinem Leben, sondern frage die Menschen nach ihrem. Norberts Reaktion gibt meinem Bruder recht. Mein Interesse an seiner Arbeit lässt ihn richtig aufgehen.

Ich habe mein eigenes kleines Chemielabor dabei, damit lässt sich das feststellen. Bist du auch Wissenschaftler?

Musikwissenschaftler, lüge ich.

Wieder brav den Weisheiten meines Bruders gefolgt: *Die Wahrheit ist dehnbar, also dehne sie auch.* Und: *Wo keine Nähe ist, da lässt sie sich erzeugen.*

Und wieder lässt die Wirkung nicht auf sich warten.

Tatsächlich, sagt er und steht jetzt sogar auf.

Er drückt sein Kreuz durch, ich höre einen Wirbel knacken, er verzieht sein Gesicht.

Das ist der große Nachteil an meiner Arbeit, das dauernde Auf-dem-Boden-Herumkriechen.

Er schaut zur Sonne hinüber, die sich gerade daranmacht, hinter dem Horizont zu verschwinden.

Genug für heute, sagt er, gehen wir zurück.

Ali Baba hat für uns Huhn gekocht, sage ich.

Zuerst ein Bier, sagt er.

Jetzt bin ich überrascht. Ich hatte Norbert für einen verklemmten Abstinenzler gehalten, mit einer panischen Angst vor dem kleinsten Kontrollverlust.

Irgendeinen stickigen Laden soll es geben in Zag, der Alkohol ausschenkt, sage ich.

Und genau dorthin gehen wir jetzt, sagt Norbert.

Die Vorfreude auf sein kühles Bier lässt ihn richtig aufblühen. Er stopft sich den Plastikbeutel mit den Kackekrümeln in die Jackentasche und legt einen Schritt vor, dass ich kaum nachkomme.

Zags einzige Bar ist nicht mehr als eine Garage mit herabgelassenem Rollladen, in den eine Türöffnung geschnitten ist. Darüber hängt ein schmutzstarrendes Leintuch, das ich beim Hineingehen so wenig wie möglich zu berühren versuche. Drinnen ist es düster. Nur eine nackte Glühbirne hängt an der Decke. Am Ende des Raumes steht hinter einer Theke ein unrasierter, hagerer Mann. Zwei Gäste lehnen an der rechten Mauer und unterhalten sich nur mehr lallend miteinander.

Anscheinend ist Norbert Stammkunde hier, denn der Besitzer begrüßt ihn freundlich und holt gleich zwei Flaschen aus einem rotlackierten Kühlschrank.

Das Bier ist kalt, wirklich kalt. Ich halte mir die Flasche an die Stirn und dem Mann meinen hochgereckten Daumen hin.

Not the best beer in the world, but the best fridge in town, sagt der Mann und dreht sich schon wieder um in Richtung seines ganz roten und ganz großen Stolzes. Norbert hat seine Flasche tatsächlich auf einen Satz ausgetrunken und nimmt das frische Bier mit glänzenden Augen entgegen.

Und, sagt er, was machst du hier in der Wüste?

Ich bin auf der Suche nach seltenen Musikinstrumenten.

Ist ja lustig, sagt er, da ist gestern schon einer durchgekommen. Auch ein Österreicher und auch in deinem Alter.

Ach ja?, sage ich und spiele erstaunt. Und habt ihr miteinander geredet?

Nur kurz beim Frühstück heute Morgen, er ist früh aufgebrochen. Er war mit einem Fernfahrer unterwegs.

Ich bin auf deiner Spur, Bruderherz, und ich werde dich kriegen, und ich werde entscheiden, wann es so weit ist, denke ich und stelle mir schon mal unsere Wiederbegegnung vor. Die Oase Lahna, ein Palmenhain mitten in der Wüste mit einem Tümpel, über dessen Wasserfläche exotische Vögel auf Insektenjagd gehen. Gut, dass wir uns nicht schon hier in Zag oder gar in diesem Laden über den Weg gelaufen sind. Das hätte unser Wiedersehen weit weniger stimmungsvoll gemacht. Bernhard hat nämlich nicht übertrieben, als er mir den Laden beschrieben hat. Es ist unerträglich heiß hier drinnen, die Luft so dick, dass ich das Gefühl habe, ich muss sie kauen, bevor ich sie atmen kann. Der Islam verbietet den Genuss von Alkohol. Wer hier trinkt, muss aber nicht Angst haben, irgendwann dafür in die Hölle zu kommen, nein konsequenterweise schmort er gleich darin. Und gerechterweise nur für die Dauer der Sünde und nicht für die Ewigkeit. So freundlich der Besitzer auch ist, die Rolle des Höllenhunds spielt er unerbittlich. Wer sich mit der Flasche in der Hand nur in die Nähe des Türvorhangs begibt, wird von ihm sofort zurückgebellt. Einer der beiden Lallenden verliert einmal das Gleichgewicht und torkelt nur in Richtung des Eingangs, da brüllt er gleich ein heiseres arabisches Wort, das ich nicht verstehe, dessen Bedeutung aber unmissverständlich ist. Sofort fängt sich der Betrunkene wieder, und weil er es nicht mehr anders hinbekommt, lässt er sich gegen die Lehmmauer fallen, stößt sich sogar den Kopf an dabei, ist aber so illuminiert, dass er über sein eigenes Missgeschick lachen muss.

Norbert hat die zweite Flasche geleert, und ich verstehe jetzt auch, warum er so schnell trinkt. Hier drinnen hält man es nur aus, solange einem das kalte Bier die Kehle hinunterrinnt. Er die dritte, ich die zweite Flasche. Nur kurz stoßen wir an, dann trinken wir wieder in langen Schlucken, zögern das Absetzen so lange es geht hinaus. Das Bier ist so kalt, dass mir die Nase schmerzt und die Augen tränen. Norbert geht es anscheinend ähnlich, denn er massiert sich die Nase und wischt sich dann mit dem Handrücken übers Gesicht. Er sieht aus, als würde er gleichzeitig lachen und weinen.

Erzähl mir von deinen Füchsen, Norbert.

Was soll ich sagen? Schöne Tiere eben.

Du kannst mir nicht erzählen, dass du monatelang auf allen Vieren durch die Wüste kriechst und Scheiße von einem Tier in einen Plastikbeutel schaufelst, nur weil du es ganz schön findest.

He, du musst das umgekehrt sehen. Weil der Fenek stark im Bestand bedroht ist, gibt es für dieses Projekt Geld. Ich bekomme also mein Leben bezahlt und muss dafür nichts anderes tun als auf allen Vieren durch die Wüste zu kriechen und Kot aufzusammeln. Und das macht den Fenek für mich zu einem ziemlich schönen Tier.

Gut, sage ich. Und was würdest du machen, wenn du es dir aussuchen könntest?

Norbert wischt sich mit der kalten Flasche über die Stirn.

Also eigentlich, sagt er, interessiert mich die Tiefsee. Du hast sicher schon Aufnahmen von diesen halbtransparenten Fischen gesehen, die in tausend Meter Tiefe in völliger Dunkelheit leben. Spukhafte Gestalten mit übergroßen Mäulern und herausstehenden Zähnen. Unglaublich schöne Monster.

Und was hält dich davon ab, dich deinen schönen Monstern zu widmen?

Weißt du, wie schwierig es ist, da einen Forschungsplatz zu bekommen? Da gibt es Warteschlangen Ende nie, bis du einmal auf Tauchgang in einem dieser U-Boote gehen kannst.

Das wäre mein Albtraum, sage ich. Diese U-Boote sind doch winzig, da liegt man drinnen wie in einem Sarg, und dann tauchen wenige Zentimeter vor dir diese Fratzen auf.

Wunderbare Vorstellung, sagt Norbert, und mir kommt die Vermutung, dass er deshalb so gerne in diesem Laden seine Abende verbringt, weil ihn die Dunkelheit, die stickige Luft und die Enge an seine U-Boot-Fahrten denken lassen.

Noch zwei, fragt er mich.

Klar, sage ich und trinke meine Flasche aus.

Das ist das Leben, sagt Norbert, und ich glaube zuerst, er meint das kalte Bier, das uns der Wirt in die Hand drückt. Nachdem wir wieder in einem langen Zug die halbe Flasche leergetrunken haben, murmelt er aber halb in sich hinein, sodass ich Schwierigkeiten habe, ihn zu verstehen. *In der Wüste sitzen und von der Tiefsee träumen.*

Dann kippt er plötzlich den Rest seines Biers hinunter und steht auf.

Gehen wir, ich habe Hunger.

Wie viel, frage ich in Richtung des Wirts und fingere meine Geldbörse aus der Hosentasche.

Lass gut sein, sagt Norbert und schiebt einen Schein über den Tresen, geht auf den Wüstenfuchs.

Als wir ins Hotel kommen, deutet Ali Baba nach oben. Aus seinem mit breitem Grinsen vorgetragenen Gestammel entnehme ich, dass Bernhard und Gudrun auf der Dachterrasse essen, wir sollten uns zu ihnen setzen, er würde gleich kommen mit unserem Huhn. Wir steigen die steile Lehmtreppe nach oben. Bernhard und Gudrun sind die einzigen Gäste, beide haben sie eine Tajine vor sich stehen.

Wir haben schon mal angefangen, sagt Gudrun.

Bernhard schiebt sich gerade einen Löffel Couscous in den Mund. Mahlzeit, murmelt er kauend.

Ich stelle ihnen Norbert als Biologen vor, das mit den Füchsen soll er ihnen selbst erzählen.

Wir waren in dem stickigen Loch, von dem du erzählt hast, sage ich zu Bernhard, dem einzigen Laden in Zag, der Alkohol ausschenkt.

Deshalb bist du so durchgeschwitzt, sagt Gudrun.

Ja, von den drei Bier habe ich nicht lange etwas gehabt.

Voilà, höre ich eine Stimme in meinem Rücken und drehe mich zur Lehmtreppe um.

Erstaunlich behände kommt der untersetzte Ali Baba die Stufen herauf, die beiden dampfenden Tajines trägt er mit dicken Topflappen vor sich her. Stolz stellt er sie am Tisch ab und hebt dann mit einer eleganten Bewegung die kegelförmigen Deckel in die Höhe. Durch den Rauch zeichnen sich ein paar geschmorte Stück Hühnerfleisch ab, die in einer Soße mit Zitronenscheiben schwimmen.

Bon appétit, sagt er, verbeugt sich und geht auch schon wieder.

Noch eine Runde Bier, ruft ihm Bernhard spaßeshalber nach.

Sorry, no alcohol, sagt Ali Baba mit einem kindischen Kichern und verschwindet nach unten.

Eine sanfte Abendbrise kommt auf, eine willkommene Abkühlung, die aber einen kleinen Nachteil hat. Feiner Sand legt sich über das zähe Huhn und macht, dass jeder Bissen zwischen den Zähnen knirscht. Vor einer Woche hätte ich das Essen stehen gelassen, aber vor einer Woche war ich auch ganz woanders, unglaublich weit weg von hier und von mir.

Der Atem Aishas, sagt Bernhard.

Was, frage ich.

So nennen die Einheimischen den Abendwind. Aisha war ein junges Mädchen, das mit einem Fürsten verheiratet werden sollte. Sie wohnte aber viele Tagesreisen entfernt in einem anderen Land. Als die Eskorte mit dem Mädchen eines Abends nur noch wenige Kilometer vor dem Haus des Fürsten Rast machten, kam ein Bote und teilte ihnen mit, dass der Fürst verstorben war. Aus Trauer wich alle Luft aus Aisha und sie verwandelte sich in einen Geist. Deshalb der Atem Aishas.

Ihr seid offensichtlich nicht zum ersten Mal in der Gegend, sagt Norbert zu Gudrun und Bernhard.

Sind auch Musikwissenschaftler, so wie ich, sage ich schnell und werfe den beiden einen vielsagenden Blick zu, um meine kleine, gedehnte Wahrheit von vorhin nicht auffliegen zu lassen.

Wir kommen seit vierzig Jahren her, sagt Bernhard, und Gudrun erzählt von den Aufnahmen, die sie von all ihren Reisen mitgebracht und von dem riesigen Tonarchiv, das sie auf ihrer Uni aufgebaut haben.

Was hast du eigentlich gehört, vorher, als wir uns getroffen haben, frage ich Norbert.

Tiergeräusche.

Vogelstimmen, fragt Gudrun.

Das Schmatzen und Flossenreiben von Tiefseefischen, sagt Norbert.

Wenn du dich fürs Meer interessierst, was machst du dann in der Wüste, fragt Bernhard, und so bekomme ich noch einmal Norberts Geschichte zu hören. Er macht es aber kurz, das ist das Angenehme an ihm. Er ist keiner, der sich gerne reden hört.

Und das hältst du aus, fragt Gudrun.

Ich fahre jedes Wochenende ans Meer, sagt Norbert. Ist ja zum Glück nicht so weit. Und meine Arbeit habe ich mir so eingeteilt, dass ich der Küste immer näher komme. Südlich von hier reichen die Wüste und damit der Lebensraum des Fenek bis direkt ans Meer. Das wird dann der krönende Abschluss meiner Arbeit, wenn ich jeden Abend am Strand sitzen kann.

Und du wirst sehen, sage ich, dort am Strand wirst du auch deinen ersten Fenek in natura sehen.

Was sind das eigentlich für Geräusche, die diese Tiefseefische machen, fragt Bernhard.

Es ist wie in einem Geisterhaus, sagt Norbert. Ein einziges Dielenknarzen und Türangelquietschen, es ist unglaublich, was diese Tiere für Geräusche machen.

Norbert zieht aus der rechten Jackentasche ein Büchlein hervor, es ist nur postkartengroß, aber unglaublich dick, jede Seite ein anderes dieser Tiefseebiester. Das schleppt er offensichtlich den ganzen Tag mit sich herum. In der einen Jackentasche das Wüstenfuchsheftchen und in der anderen den Tiefseefischwälzer.

Das ist mein Liebling, sagt Norbert und zeigt uns einen Fisch, der einen Kopf hat dreimal so groß wie der Rest des Körpers und ein Maul voller nadelspitzer Zähne. Dabei ist er völlig durchsichtig. Wie auf einer Röntgenaufnahme lassen sich alle seine Organe ganz genau erkennen.

Gespenstisch, sagt Gudrun.

Kann man sagen. Dabei hast du noch nicht die Geräusche gehört, die er macht.

Norbert holt einen iPod aus der Tasche, stellt die richtige Nummer ein und hält Gudrun die Kopfhörer hin.

Gudrun steckt sich die weißen Stöpsel in die Ohren.

Wir starren gebannt auf Gudruns Gesicht, als könnten wir so hören, was sie hört. Sie macht große Augen, offensichtlich kann sie nicht glauben, was ihr da vorgespielt wird.

Ich habe eine Gänsehaut, sagt Gudrun, als sie die Kopfhörer aus den Ohren zieht und an mich weiterreicht.

Du zuerst, sage ich und halte sie Bernhard hin.

Norbert startet die Aufnahme neu, und da zeichnet sich auch auf dem Gesicht des abgebrühten Bernhard ungläubiges Erstaunen ab.

Wirklich schräg, sagt er, und dann bin ich an der Reihe.

Zuerst ist gar nichts zu hören, nur eine tiefe Stille, dann glaube ich, ein Geräusch zu erkennen, ein kaum wahrnehmbarer Laut, so als würde ein Mensch, dem der Hals abgeschnürt wird, mit aller Kraft zu atmen versuchen. Das Geräusch baut sich immer weiter auf und wächst sich zu einem Brüllen aus, wie man es von einer Raubkatze erwarten würde.

Das ist unmöglich echt, sage ich, als ich Norbert die Kopfhörer zurückgebe.

Das ist eine Originalaufnahme, sagt Norbert. Es wurde nur die Lautstärke so angehoben, dass unsere Wahrnehmung der Wahrnehmung der Fische entspricht.

Von wegen die Ruhe der Tiefsee, sagt Bernhard.

Das ist nur die Ausnahme, sagt Norbert, der Paarungsruf, damit das Weibchen das Männchen findet. Kommt nur alle zwei Jahre vor.

Charmante Art, auf sich aufmerksam zu machen, sage ich.

Und jetzt, sagt Norbert, der voll in seinem Element ist, die Antwort des Weibchens.

Was wir dieses Mal zu hören bekommen, ist ganz anders, aber genauso unvorstellbar. Als würden mehrere Filzschlegel in knapper Abfolge über die Brettchen eines Holzxylophons gezogen.

Die Weibchen besitzen zwei parallel zueinander stehende Rückenflossen, die sie aneinanderreiben, und erzeugen so diesen Klang, sagt Norbert.

Da kannst du einpacken mit deiner Malanga, Bruderherz, denke ich und habe dabei die Tiefseegeräusche im Kopf wie einen Ohrwurm, und die gehen auch nicht weg, denn beim Einschlafen höre ich noch immer die balzenden Ungeheuer.

Als wir am nächsten Morgen frühstücken, ist Norbert schon weg. Er hat uns erzählt, dass er früh aufbricht jeden Tag, um die kühlen Morgenstunden auszunutzen. Wir trinken unseren Kaffee, Gudrun, Bernhard und ich, und reden nicht viel an diesem Morgen. Den beiden scheinen die brüllenden Tiefseefische auch nicht aus den Köpfen zu gehen. Gudruns Blick gibt mir recht. Sie schaut über die Dächer in die Wüste hinaus wie in ein Aquarium hinein. So als würde sie mit ihrer Nasenspitze eine Glaswand berühren, hinter der sich eine andere Welt befindet.

Der Kaffee ist zuckersüß. Nach dem ersten Schluck klebt mir der Mund zusammen. Ich lasse die Marmelade weg und esse mein Brot nur mit Butter. Ein Vogel landet auf der Brüstung, fliegt aber gleich weiter, als er uns entdeckt.

Hast du gepackt, fragt Bernhard.

Ich bin bereit.

Also Lahna, sagt Bernhard.

Also Lahna.

Doch dann ist etwas mit dem Wagen. Der Motor springt zwar an und der Gang lässt sich einlegen, als Bernhard aber von der Kupplung geht und Gas gibt, passiert nichts.

Nicht hier in Zag, sagt Bernhard.

Besser in Zag als mitten im Niemandsland, sagt Gudrun.

Bernhard steigt aus, geht hinters Auto und öffnet den Motorraum. Gleich darauf hören wir die Klappe wieder ins Schloss fallen, und Bernhard kommt zurück und schwenkt den kaputten Keilriemen in der Hand.

Ali Baba hat von drinnen mitbekommen, dass etwas nicht stimmt mit unserem Wagen. Er kommt vor die

Tür, wischt sich die großen Hände in ein schmutzstarrendes Geschirrtuch.

Mit beruhigenden Gesten versucht er uns beizubringen, dass sein Freund der beste Automechaniker der Stadt sei.

Kein Problem, sagt Ali Baba, die Straße hinunter und dann rechts ist die Werkstatt.

Gudrun wartet im Wagen, und ich gehe mit Bernhard los.

Normalerweise habe ich immer einen Ersatzkeilriemen dabei, sagt er. Ich wollte noch einen besorgen vor dem Losfahren. Aber dann. Hundert Sachen gleichzeitig zu erledigen und den Keilriemen schlicht und einfach vergessen. Hoffentlich haben die hier den richtigen, ich habe keine Lust, den ganzen Tag in Zag zu warten, bis sie einen aus Guelmim anbringen.

Ich bin genauso ungeduldig wie Bernhard. Gestern wäre es mir noch egal gewesen, heute hat mich eine seltsame Unruhe gepackt. Auch wenn ich weiß, dass mein Bruder in Lahna sitzt und mir nicht mehr wirklich entkommen kann, kann ich es nicht mehr erwarten, ihn zu sehen. Heute Abend mit ihm unter einer Palme zu sitzen und zu reden. Außerdem ist Zag wirklich trostlos. Leere Straßenzüge, monotone Mauern im ewig gleichen Rosa, kaum Läden. Als wir zu der Werkstatt kommen, verlieren wir jede Hoffnung. Zwei Männer sitzen auf niedrigen Schemeln in der Sonne und trinken Tee, in der Garageneinfahrt steht ein rostiger Wagenheber und im hinteren Teil der Werkstatt ist nur ein windschiefes Regal zu erkennen, das halb leer ist.

Bernhard hält den Männern den gerissenen Keilriemen hin, einer fährt mit seiner öligen Daumenkuppe über den schwarzen Gummi, eine Geste, wie um es bis zum anschließenden Kopfschütteln spannend zu machen. Doch stattdessen steht der Mann mit einem triumphierenden Blick auf und geht hinein. Lange kramt er drinnen herum, sodass wir die Hoffnung wieder aufgeben, doch als er wieder auftaucht, hat er tatsächlich einen intakten Keilriemen in der Hand. Soweit ich das beurteilen kann, ist er nicht mehr ganz neu, das Material scheint schon etwas spröde zu sein, aber er hält ihn an den alten Keilriemen und zeigt uns, dass Länge und Breite stimmen. Unser sichtbares Aufatmen treibt den Preis natürlich in die Höhe. Sie beraten sich mit ernster Miene. Wahrscheinlich soll es so aussehen, als würden sie sich zu erinnern versuchen, welche Unsummen sie einst für das Teil bezahlt haben. Der Preis, den der eine schließlich nennt, ist dann auch wirklich exorbitant. Ich sehe es Bernhards Miene an.

So viel zahle ich nicht einmal in Deutschland dafür.

Er beginnt zu verhandeln, kommt damit aber nicht weit. Die beiden sind ja nicht blöd und wissen, dass wir abhängig von ihnen sind. Ich versuche auch mein Glück.

We are friends of Ali Baba, sage ich, ernte aber nur ein Lachen.

Everybody is friend of Ali Baba, sagen sie.

Ich merke, wie Bernhard wütend wird. Das ist er nicht gewohnt, von jemandem abhängig zu sein. Dass er nicht das Ruder in der Hand hat. Mir ist das egal. Ich will nur weg von hier. Um nicht ganz das Gesicht zu verlieren, runde ich die Summe um wenige Dirham ab, die Männer steigen sofort darauf ein, und bevor Bernhard noch reagieren kann, drücke ich ihnen vor seinen entgeisterten Augen das Geld in die Hand.

Das geht auf mich, sage ich, als Dankeschön fürs Mitnehmen.

Den ganzen Rückweg über kann ich mir anhören, dass wir, wenn wir uns Zeit gelassen hätten, den Preis locker auf die Hälfte hätten herunterhandeln können. Und wenn nicht, wäre er mit dem Bus nach Guelmim gefahren und morgen mit dem neuen Keilriemen, der dort ein Viertel gekostet hätte, zurückgekommen. Ich lasse den Sermon ruhig über mich ergehen, glücklich, dass wir Zag in wenigen Minuten den Rücken kehren werden. Wir werden in unseren türkisen Bus steigen, aus diesem schrecklichen Nest hinaustuckern, und wenn wir wieder stehen bleiben, werden wir in Lahna sein, das ich mir mittlerweile wie ein kleines Paradies vorstelle.

Bevor wir losfahren, fragen wir Ali Baba noch einmal nach dem Weg. Die Abzweigung nach Lahna ist leicht zu übersehen, sagt er. Die Straße ist nicht asphaltiert und sieht aus wie die Einfahrt zu einem verfallenen Haus. Es ist tatsächlich so, wie er gesagt hat. Wir wären nie auf die Idee gekommen, dieser Piste zu folgen. Bernhard biegt ab und fährt auf die halb eingestürzte Lehmhütte zu. Davor bleibt er stehen, weil es tatsächlich so aussieht, als würde der Weg hier enden. Wir steigen aus, schauen uns um. Ich gehe über den knochenharten Boden, keine Fahrrinne, keine Reifenspuren, keine Markierungen oder Wegweiser.

Und?

Ich drehe mich um. Bernhard sieht mich fragend an.

Nichts, rufe ich ihm zu und gehe weiter.

Komm zurück, das hat keinen Sinn.

Ich tue, als hätte ich ihn nicht gehört. Mir ist weiter vorn eine Sandbank aufgefallen. Und da sind tatsächlich die breiten Abdrücke von LKW-Reifen.

Wir sind richtig, rufe ich und winke Bernhard, dass er nachkommen soll.

Das heimelige Knattern des alten Dieselmotors. Bernhard hält neben mir und lässt mich einsteigen. Ich zeige durch die Windschutzscheibe nach vorne zu den Reifenspuren im Sand. Mit der Sandbank enden auch die Spuren wieder. Bernhard hält einfach die Richtung und Gudrun holt die Karte aus dem Handschuhfach.

Dann eben wie die alten Seefahrer, sagt sie und schaut abwechselnd auf die Karte und hinauf zur Sonne. Dann streckt sie ihren Arm aus, Kurs Ostsüdost.

Mit den Augen folge ich ihrem Arm und entdecke in der Ferne ein Steinmännchen.

Schaut, sage ich. Die Richtung stimmt.

Schnell kommen wir allerdings nicht voran. Die Piste ist übersät mit scharfkantigen Steinen, für die breiten LKW-Reifen kein Problem, für uns schon.

Viel schneller als zwanzig, dreißig km/h kann ich hier nicht fahren, sagt Bernhard, wenn wir keinen Reifenplatzer riskieren wollen. Wenn die Piste nicht besser wird, sind wir frühestens am späten Nachmittag in Lahna.

Dafür ist die Richtung kein Problem mehr, sagt Gudrun und zeigt nach vorne, wo sich das nächste Steinmännchen abzeichnet.

Langsam und holpernd geht es voran, und irgendwann kommt es mir vor, als würden wir abgeschleppt. Als würden wir an einem unsichtbaren Tau hängen, das hundert Kilometer durch die Wüste verläuft und in der Oase von Lahna an einem Baum endet, der sich um die eigene Achse dreht und uns auf diese Weise zieht. Und oben auf dem Baum sitzt mein Bruder und lacht. Seltsame Gedanken, Wüstengedanken. So wie die verkehrt eingedrehte DNA von Bernhard.

Unser Gehirn ist nicht gemacht für die Leere, sagt Gudrun, als könnte sie meine Gedanken sehen. Das Bewusstsein hält es einfach nicht aus, wenn da nichts ist, und beginnt zu fantasieren. Ganz egal wie abstrus die

Vorstellung auch sein mag, alles scheint besser zu sein als das Nichts.

Ich nicke und denke an meinen rotierenden Baum.

Die Gedanken sind frei, sagt Bernhard.

Und blöd, denke ich, sage aber nichts. Ist wirklich eine ungewohnte Situation für mich. Ich mache das sonst nämlich nicht, einfach in die Luft starren. Bei anderen Sängern beobachte ich das dauernd. Vor jedem Auftritt sitzen die da und haben diesen leeren, dummen Blick und bewegen stumm die Lippen. Keine Ahnung, in welches Paralleluniversum, die da abdriften. Ich kann das nicht. Ich muss mich in diesen Momenten ablenken. Meist nehme ich ein Buch in die Hand. Dann brauche ich nicht meine Merkwürdigkeiten denken. Dieses Reinkippen in die Wüste, das ist nicht meins. Ich freue mich auf den nächsten Baum und auf meinen Bruder in seinem Schatten.

Es beginnt unmerklich. Zuerst sind es noch vereinzelte Sandbänke, doch dann steigt sanft vor uns die erste Düne auf. Kurve um Kurve macht die Piste jetzt, um die Dünen zu umfahren. Steinmännchen sind keine mehr aufgestellt. So wie es hier aussieht, verändert sich die Piste von einem Tag auf den anderen. Man muss einfach den Weg nehmen, den der Sand einem lässt. Irgendeine schmale Schneise tut sich auf wundersame Weise aber immer auf, egal wie eng die Dünen auch zusammenrücken. Die Wüste ist nicht abweisend, sie besteht nur darauf, das Sagen zu haben. Entweder man spielt nach ihren Regeln oder das Spiel ist aus.

Diese Sandbänke schauen völlig harmlos aus, sagt Bernhard, aber sobald sie breiter sind als der Wagen lang ist, hast du keine Chance mehr durchzukommen.

Der Sand ist eine Erfahrung für sich, sagt Gudrun. Ein Boden ohne Grund. Und unter dem Sand wieder nur

Sand. Alles bewegt sich andauernd. Auf nichts ist Verlass. Das kann einen ziemlich aushebeln. Sobald man das akzeptiert hat, erlebt man aber die absolute Freiheit. Aber wahrscheinlich ist das bei jedem anders.

Mir ist flau geworden im Magen beim Zuhören. Fast wie seekrank fühle ich mich. Heute Abend in der Oase werde ich meinen Bruder fragen, wie es ihm geht mit dem Sand. Wahrscheinlich gut. Sind einander ja gar nicht so unähnlich. Mein Bruder lässt sich auch nicht greifen. Rieselt einem ja auch durch die Finger wie Sand.

Heute Abend wirst du endlich deinen Bruder treffen, sagt Gudrun, und wird mir langsam unheimlich, weil sie schon wieder meine Gedanken gelesen hat.

Ja, so wie es aussieht, hat er in Lahna nicht viele Fluchtmöglichkeiten. Ist das eigentlich eine Stichstraße oder geht die Piste weiter?

Gudrun holt die Karte aus dem Handschuhfach und klappt sie auf.

Bis Lahna ist die Straße als durchgehende zarte Linie eingezeichnet, danach sind es nur mehr kurze Striche.

Und was heißt das?

Gudrun dreht die Karte um und überfliegt die Legende.

Hier, die gestrichelte Linie heißt, je nach Windsituation befahrbar.

Plötzlich bin ich mir nicht mehr sicher, dass ich meinen Bruder in Lahna treffe. Mir kommt es zu einfach und zu vorhersagbar vor. Ist nicht die Art meines Bruders, Erwartungen zu erfüllen. Irgendetwas hat er sicher wieder ausgeheckt.

Da bleibt Bernhard stehen.

Ich brauche eine Pause.

Kann ich gut verstehen, der hat einiges zu kurbeln gehabt bei der kurvigen Piste. Ein einziger Slalom seit mehr als drei Stunden.

Die Hälfte haben wir, sagt Bernhard und zeigt auf die Kilometeranzeige. Insgesamt sind es hundertvierzig Kilometer, und von denen haben wir vierundsiebzig gemacht.

Wir steigen aus, um uns die Beine zu vertreten. Es ist Mittag, und die Sonne scheint, wie ich es noch nie erlebt habe. Keine Ahnung, warum man sagt, dass die Sonne sticht. Das sind keine feinen, glühenden Nadeln, die einem da in die Haut fahren, nein, das ist eine heiße, schwere Hand, die einen in den Boden hineinzudrücken versucht.

Binde dir das um den Kopf, sagt Bernhard und hält mir ein weißes Tuch hin.

Ich versuche es mir wie einen Turban um den Kopf zu wickeln.

Warte, sagt Gudrun und hilft mir mit dem Knoten. Dann holt sie die Kühlbox aus dem Wagen. Oliven, Gurken und Fladenbrot, dazu Humus und Auberginenmus. Gudrun breitet eine Decke im schmalen Schatten des VW-Busses aus und wir lehnen uns an die heiße Seitenwand des Wagens.

Kein Wind und damit völlige Stille. Ich empfinde mein eigenes Kauen als störend, höre auf damit und warte stattdessen, bis mir der Speichel den Bissen aufweicht. Ich schaue hinüber zu Gudrun und Bernhard und sehe ihnen zu, wie sie Stücke vom Fladenbrot abreißen und nacheinander in die kleine Schüssel mit dem Humus tunken. Völlig lautlos. Entweder die beiden sind wirklich so leise oder die Wüste schluckt alle Geräusche. Kurz habe ich Angst, taub geworden zu sein. Zur Probe kratze ich im Sand und höre wirklich nichts. Ich könnte einfach den Mund aufmachen und etwas sagen, aber ich spüre eine seltsame Hemmung. Gudrun und Bernhard sind noch immer mit dem Essen beschäftigt, sagen nichts, sehen nicht herüber zu mir. Als ob ich gar nicht da wäre. Kurz komme ich mir wie ein Geist vor, kein angenehmes Gefühl, keine Leichtigkeit, eher eine Beklemmung, von allen und allem abgeschnitten zu sein. Ein Anflug von Panik, doch gleich darauf meint Bernhard, ausgezeichnet, der Humus, und da weiß ich, dass noch alles stimmt mit mir. Ein inneres Aufatmen, und dann schüttelt es mich kurz.

Ist er dir zu scharf, der Humus, fragt mich Gudrun, ich habe den mit viel Chili genommen, wir mögen das.

Nein, ist gut so, sage ich, ich hab's auch gern scharf.

Als wir weiterfahren, schiebt Bernhard wieder die alte Kassette ins Autoradio. Van Morrison singt über das wilde Leben auf der *Cyprus Avenue*, während wir der schlingernden Trasse zwischen Fassaden aus stummem Sand folgen. *Yonder comes my lady / Rainbow ribbons in her hair.* An meine Freundin habe ich seit Tagen nicht mehr gedacht. Wie weit alles weg ist. Es ist eine seltsam sehnsuchtslose Liebe, die ich für sie empfinde. Ich bin froh, dass es sie gibt, vermisse sie aber überhaupt nicht. Mehr aus Verantwortung hole ich mein Handy aus der Tasche. Das Display ist dunkel, der Akku leer. Wahrscheinlich schon seit Tagen, ohne dass es mir aufgefallen wäre. In Lahna kann ich das Handy aufladen, und wenn es Empfang gibt, schicke ich ihr ein SMS, dass alles in Ordnung ist. Danach schalte ich das Handy gleich wieder ab. Auf Antwort warte ich nicht. Ich habe keine Fragen an da draußen und mich interessieren auch keine Antworten von dort. Alles, was ich will, ist mit meinem Bruder reden.

Als die ersten Häuser von Lahna auftauchen, ist das wie ein Ankommen in der Wirklichkeit. Fester Boden unter den Reifen. Das Schlingern des Wagens und das Schlingern der Gedanken hat ein Ende. Dafür eine herbe Ernüchterung. Die ersten Häuser Lahnas sehen aus wie die letzten Häuser in Zag. Die einheitlichen rosafarbenen Fassaden, die Satellitenschüsseln auf den Dächern, über allem eine Schicht von Sand und Staub.

Zwei Querstraßen, dann eine Tankstelle, die gleichzeitig auch Autowerkstätte ist, ein Parkplatz, auf dem aber nur drei rostige Geländewagen stehen. Kein LKW.

Dann ein langgezogener, schneeweißer Bau, ein Wasserreservoir, das Kuppeldach ruht auf Säulen, Mauern gibt es keine.

Ein Zawiya, sagt Gudrun, gleichzeitig Wasserstelle und Heiligtum.

Dahinter beginnt das Grün. Eine Grasfläche, Palmen, Gemüsebeete. Bernhard stellt den Wagen ab, und wir steigen aus. Ein Jugendlicher kommt auf uns zu. Er trägt eine windschiefe Sonnenbrille und eine schwere goldfarbene Kette.

Ob wir ein Quartier brauchen.

Bernhard kommt mit ihm ins Gespräch. Ich stehe im Abseits.

Wir kümmern uns darum, sagt Gudrun, geh' du deinen Bruder suchen.

Danke, sage ich und folge einem schmalen Fußweg zwischen den Beeten hindurch. Hoch oben auf den Palmen hängen Trauben grelloranger Datteln. Eine Frau kommt mir entgegen, die in einem Plastikkanister auf dem Kopf Wasser trägt. Ohne dass ich sie gefragt habe, deutet sie mir, den Weg einfach weiterzugehen. Ich höre Stimmen und Lachen. Zwischen den Bäumen ist eine Lichtung zu erkennen. Sattes Gras und ein Tümpel, Schilf im seichten Wasser. Menschen hocken auf Decken auf dem Boden, eine Versammlung, erstaunlich viele Frauen und nur eine Handvoll Männer. Die Stimmung ist ausgelassen. Ich lasse meinen Blick über die Köpfe wandern. Mein Bruder ist nicht dabei. Eine der Frauen entdeckt mich und winkt mir, ich soll mich zu ihnen setzen. Ich zeige auf meine Augen und dann nach vorne, will ihr begreiflich machen, dass ich jemanden suche. Sie nickt und lacht und zeigt auf die andere Seite des Tümpels, als wüsste sie, um wen es geht. Rechts soll ich den Tümpel umrunden, deutet sie mir noch, und ich folge einem schmalen Trampelpfad. Mannshohes Schilf und eine türkise Libelle, lang wie ein Finger, und als ich um eine Kurve biege, sitzt er da auf einem Stein direkt am Ufer, so unversehens, dass ich glaube, ich bilde mir alles nur ein. Er starrt ins Wasser, als würde er Fische beobachten. Ich übersehe ein Schlammloch und steige hinein. Als ich den Fuß wieder herausziehe, ist ein lautes Schmatzen zu hören. Mein Bruder schaut auf.

Da ist er ja, sagt er, steht auf und wir schließen uns in die Arme.

Hallo Bruderherz, sage ich, und dann stehen wir eine Ewigkeit da und halten uns. Gar nicht aus Rührung, keine feuchten Augen, einfach Wiedersehensfreude. Dann lassen wir uns doch wieder los, weil solche Momente ja auch nicht ewig dauern können.

Schön, dass du gekommen bist, sagt er.

War nicht ganz einfach, dich zu finden.

Aber dafür aufregend, oder? Wenn du nur annähernd das erlebt hast, was ich erlebt habe, also für mich waren das wunderbare Tage.

Nicht nur, sage ich. Waren auch ziemlich schlimme darunter.

Hat es dich auch erwischt, fragt er.

In mehrfacher Hinsicht, sage ich.

Was meinst du?

Zum Durchfall kamen noch einige merkwürdige Begegnungen, murmele ich und schaue ihn eindringlich an.

Er tut, als wüsste er nicht, was ich meine.

Marie zum Beispiel, sage ich.

Hast du jemanden kennengelernt?

Eine Frau mit einem Collie, sage ich betont langsam.

Mein Bruder schaut mich konsterniert an, so als wüsste er nicht, wovon ich spreche. Auch egal. Ich habe keine Lust, die Stimmung zu verderben und nachzuhaken. Außerdem war ja vielleicht wirklich alles ganz anders.

Wer ist die Frau auf dem Partezettel, frage ich, um das Thema zu wechseln.

Annette war meine Freundin.

Freundin im Sinne von ..., ich bringe meinen Satz nicht zu Ende.

Das auch, sagt er, aber noch mehr als das, einfach jemand für dauernd. Ich habe das sonst noch nicht erlebt, dass ein Mensch so vieles sein kann und dabei immer derjenige ist, den man gerade braucht.

Muss verdammt hart sein, denke ich, wenn man mit Mitte dreißig plötzlich draufkommt, dass nicht immer alles wieder gut wird. Ist wahrscheinlich einfacher, wenn man die Erfahrung, so wie ich, gleich in der Kindheit macht.

Ein schriller Pfiff ist zu hören und dann ruft jemand von der anderen Seite des Tümpels den Namen meines Bruders.

Es geht los, sagt er.

Was, frage ich.

Lass dich überraschen.

Mein Bruder ist plötzlich wieder ganz der Alte. Ganz in seinem Element. Das Lächeln und das Glitzern in den Augen.

Ich lasse mir meinen Dämon austreiben, sagt er. Ich habe mir eine Zauberin gemietet.

Du glaubst an so etwas?

Ich probiere es aus.

So wie du alles ausprobierst, sage ich.

Na, sagen wir das meiste.

Und wenn es schiefgegangen ist, hast du immer noch mich gehabt.

Und dafür ist dir auch mein ewiger Dank sicher, sagt mein Bruder, du musst aber auch zugeben, dass du dadurch Dinge erlebt hast ...

... die mir sonst erspart geblieben wären, ergänze ich seinen Satz, bevor er ihn selbst zu Ende bringen kann.

Eigentlich will ich härter klingen, als ich das sage, aber da drängt sich eine Erinnerung dazwischen und zwingt mir ein Schmunzeln ins Gesicht.

Was ist, fragt er.

Der schlafende Alligator, sage ich.

Mein Bruder war vierzehn, ich fünfzehn damals, und er überredete mich, eine Nacht im Städtischen Zoo zu verbringen. Keine der offiziellen abendlichen Führungen natürlich, wir sollten uns verstecken und einsperren lassen. Und alles, weil er wissen wollte, ob Alligatoren wirklich mit offenen Augen schlafen. Fotografieren wollte er das Ganze natürlich auch und borgte sich deshalb ungefragt die neue Kamera unseres Vaters aus. Stativ hatten wir keines, und so legte mein Bruder die Kamera am Geländer zum Becken auf. Ja, und beim Scharfstellen ist sie ihm dann hineingefallen.

Das war der schlimmste Krach, an den ich mich erinnern kann. Niemals davor und niemals mehr danach hat unser Vater so getobt, sagt mein Bruder und schaut mich dabei mit einem Blick an, wie es ihn nur zwischen uns gibt. Ein über Jahre gewachsener und gleichzeitig die Zeit auflösender Blick. Ein Blick, der nur ganz kurz dauert, in diesem Moment aber eine ungeheure Wirkung freisetzt. Funktioniert wohl ähnlich wie ein radioaktives Teilchen. Das zerfällt auch in null Komma nichts, setzt dabei aber eine Strahlung frei, die bleibt.

Mein Bruder deutet mit dem Kopf hinüber zur anderen Seite des Tümpels.

Schauen wir, was die Geister zu sagen haben.

Die Menschen, die da drüben auf der Wiese sitzen, gehören die alle dazu?

Nehme ich an. Der LKW-Fahrer, der mich hierher mitgenommen hat, hat das ganze eingefädelt. Er hat mir einen Mann vorgestellt, so eine Art Trancemusiker, der eine kleine Kapelle hat und außerdem auch eine Geisterbeschwörerin kennt, und dem habe ich Geld gegeben. Und um sieben soll die Zeremonie losgehen.

Die letzten Strahlen der Sonne dringen zwischen den Palmen hindurch, eine leichte Brise kommt auf und lässt das Schilf rascheln, und dann ist plötzlich eine Trommel zu hören. Als wir zu der Lichtung kommen, brennt dort ein Lagerfeuer, daneben steht ein Schaf, der Trommler wird jetzt von drei Musikern mit Eisenklappern begleitet. Mein Bruder winkt einem jungen Mann zu, der auf einer Decke am Boden sitzt. Als wir hinübergehen, steht er auf.

Das ist Brahim, stellt uns mein Bruder vor. Ich habe ihn heute beim Frühstück kennengelernt. Er wird uns übersetzen.

Du sprichst gar kein Arabisch, frage ich meinen Bruder mit provokantem Unterton in der Stimme.

Ich kann nach der Richtung fragen und mir ein Essen bestellen, aber bei Geistern wird es in Sachen Wortschatz ein wenig dürftig, sagt er.

Die Menschen um uns flüstern jetzt, die Stimmung ist angespannt, alle scheinen auf etwas zu warten.

Was passiert, Brahim, fragt mein Bruder.

Gleich werden sie das Schaf vorbereiten.

Vorbereiten, frage ich, aber in dem Moment endet die Musik, und ein Mann in weißem Kaftan legt seine Trommel zur Seite und nimmt eine kleine Schüssel zur Hand. Auf dem Kopf trägt er eine Wollmütze mit zahlreichen eingestickten kleinen weißen Muscheln und einer langen Kordel mit Quaste.

Wir müssen nach vorne, sagt Brahim, du hast diese Geisterbeschwörung ausgerichtet, deshalb musst du auch bei den Musikern sitzen.

Brahim deutet auf eine leere Decke. Er sagt etwas zu einer Gruppe von Frauen. Die kichern und rücken ein Stück zur Seite. Wir schieben uns an ihnen vorbei und setzen uns auf den reservierten Platz.

Der Trommler hat jetzt seine Finger in die Schüssel getaucht und beschmiert den Kopf des immer nervöser werdenden Tiers mit einer gelblichen Paste.

Henna, sagt Brahim. Er malt dem Schaf das Zeichen von Lalla Hawa auf die Stirn.

Mein Bruder dreht sich zu ihm um.

Lalla Hawa ist ein Geist für Liebe und Wetter, sagt Brahim.

Liebe und Wetter, fragt mein Bruder.

Ja, *Jemanden lieben* und *der Wind weht* ist ein und dasselbe Wort bei uns.

Und Lalla Hawa, frage ich.

Auf Französisch heißt der Geist *Madame l'Amour.*

Der Trommler hat ein Messer gezückt. Ein unheimliches Gesicht hat der Mann. Kinn und Nase ganz spitz und die Lippen so schmal und so bleich, dass sie kaum zu erkennen sind. Eine Frau tritt zu ihm. Unverschleiert. Noch jung. Mitte dreißig vielleicht. Schön, aber ein unheimlicher Blick. Sie dreht ihren Körper hin und her, sodass ihr die offenen schwarzen Haare ins Gesicht wehen. Dann verfällt sie plötzlich in nervöse, tippelnde Schritte. Der Mann packt den Kopf des Schafs, zieht ihn nach hinten und schneidet dem Tier zweimal in die Kehle. Alles blitzschnell. Das Blut tropft zu Boden, und sofort stürzt sich die Frau darauf, leckt das Blut von den Grashalmen, das Flackern des Lagerfeuers tanzt auf ihrem Gesicht. Der Trommler kommt mit dem Messer auf uns zu und ich weiche unweigerlich ein Stück zurück. Mein Bruder sitzt stoisch da, und der Trommler streicht ihm mit der blutverschmierten Klinge über Oberarme und Stirn. In mir wechseln sich Faszination und Panik ab, mein Bruder scheint aber völlig eingetaucht in das Geschehen und sitzt da, als könnte ihn nichts aus der Ruhe bringen.

Der Trommler wischt das Messer am Leder seiner Umhängetasche ab, steckt es ein und holt einen dunklen Klumpen hervor, vielleicht daumengroß, den er zerpflückt und ins Feuer wirft. Sofort steigen Rauchschwaden auf, und ein intensiver Geruch nach Zimt und Vanille breitet sich aus. Einer der Musiker reicht ihm ein lautenartiges Instrument. Das nimmt er mit ausgestreckten Armen entgegen, verneigt sich vor ihm und schwenkt es ehrfürchtig im Rauch. Dann setzt er sich und beginnt zu spielen. Helfer haben in der Zwischenzeit das tote Schaf weggebracht. Ich sehe, wie sie es mit Seilen an einen Ast hängen. Zwei Männer beginnen, dem Tier das Fell abzuziehen. Einige Zeit später kommt einer der beiden mit einer Silberplatte zurück, darauf der abgetrennte Kopf des Tieres, auf der weißfelligen Stirn die Hennazeichnung, das Symbol des Geistes, und neben den Ohren brennen zwei Kerzen. Der Mann stellt die Platte neben dem Lautenspieler ab, in den toten Augen des Tieres spiegelt sich das Züngeln der Flammen, und dann wechselt die anfangs langsame Musik in einen treibenden Rhythmus. Die Frau mit den wilden Haaren hat sich, nachdem sie das Blut aufgeleckt hat, eher andächtig im Rauch gewiegt, jetzt hält ihr einer der Musiker einen Teller hin. Sie taucht ihre Hand ein, die Finger glänzen fettig, sie fährt sich unter die Bluse, scheint das Öl auf ihrem Körper zu verteilen, auch Arme und Gesicht beschmiert sie damit. Es beginnt nach Muskat und Zimt zu duften, sie lässt den Kopf auf die Brust sinken, atmet kurz und tief ein und verfällt in Zuckungen. Zuerst kaum merklich, wie leichte Stromstöße, die durch ihren Körper gehen, doch dann reißt es sie immer wilder hin und her, den Kopf wirft sie nach vorne, und dann wieder zurück in den Nacken, von den Augen sieht man nur mehr das Weiß. Ich schaue hinüber zu meinem Bruder, er hat Schweißperlen auf der Stirn, sein Schweiß, vermischt mit dem Blut des geopferten Schafs, tropft ihm von der Nasenspitze.

Ich sehe, wie sich Brahim zu meinem Bruder lehnt und ihm etwas zuflüstert, kann aber nicht verstehen, was er sagt. Im nächsten Moment kommt die jetzt völlig in Trance versunkene Frau auf ihn zu, windet und dreht sich unmittelbar vor meinem Bruder, sodass ihm die Falten ihres Rocks ins Gesicht wehen. Ein Helfer kommt herbei und reicht ihr eine große Meeresschnecke, die auch mit Henna eingefärbt ist. Die packt sie und schwenkt sie vor meinem Bruder hin und her und drückt sie ihm dann so plötzlich auf die Brust, dass sogar mein stoischer Bruder zurückzuckt. Auf Herzhöhe hält sie ihm die Schnecke hin, und mein Bruder verzieht kurz den Mund, als wäre ihm gerade ein stechender Schmerz ins Brustbein gefahren. Die Frau hebt jetzt die Schnecke mit beiden Händen an ihr rechtes Ohr, hört hinein und beginnt dann mit einer kehligen Stimme, die kaum mehr etwas Menschliches hat, irgendwelche Wortfetzen auszustoßen.

Brahim flüstert meinem Bruder die Übersetzung ins Ohr, dieses Mal rücke ich so nahe heran, dass ich verstehe, was er sagt.

Lalla Hawa lässt dich lachen, wenn du nicht lachen willst, und weinen, wenn du nicht weinen willst, und wenn es regnet, zwingt sie dich, aus dem Haus und durch die Straßen zu gehen. Und obwohl dir kalt ist und du völlig nass bist, gehst du nicht zurück nach Hause und stellst dich auch nirgends unter, sondern gehst weiter, bis der Regen vorbei ist oder der Tag anbricht.

Die Frau kauert sich jetzt vor den Lautenspieler auf den Boden, mit überkreuzten Daumen verneigt sie sich, aber mehr vor dem Instrument als vor dem Mann. Dann steht sie wieder auf und zeichnet mit der Hand ein seltsames Symbol in die Luft.

Gehe zu ihr, stößt Brahim meinen Bruder an, und der steht auf und stellt sich zu der Frau in die Rauchschwaden. Der Lautenspieler wechselt den Rhythmus, und plötzlich beginnt mein Bruder zu zucken. Wie gegen seinen Willen. Als wolle da etwas aus ihm heraus. Mir klebt mein Hemd schweißnass am Leib, aber nicht wegen der Hitze, und das Blut pocht mir in den Ohren. Das ist eigentlich der Punkt, an dem ich eingreifen muss, meinen Bruder aus der Scheiße holen, in die er sich geritten hat, aber da beginnt es auch in mir zu zucken. Keine Rede davon, das Ganze abzubrechen, mich reißt es, drängt es hinüber zu meinem Bruder, irgendetwas zwingt mir diese seltsamen Bewegungen auf, die sich fremd und unheimlich anfühlen. Doch auf einmal werden die Bewegungen zu den meinen, gut fühlt sich das an, ich lächle, mein Bruder auch, wir sind völlig woanders und gleichzeitig so was von hier, so was von in der Zeit, als wären wir selbst die Zeiger einer Uhr, die sich um das Feuer drehen, umeinander und um die eigene Achse. In der Ferne entdecke ich Gudrun und Bernhard, oder bilde ich mir das nur ein, und dann kippe ich um.

Ganz kurz muss ich weg gewesen sein. Ich liege auf dem Rücken und kann mich nicht bewegen, meine Hände fühle ich nur, weil sie ganz kalt sind. Jetzt gelingt es mir zumindest, den Kopf zu drehen. Mein Bruder liegt neben mir und lächelt selig. Auch mich erfasst eine unbekannte Euphorie, ich komme mir vor wie im siebten Himmel und muss lachen, bis ich keine Luft mehr bekomme und mir Tränen in die Augen treten. Jemand richtet mich vorsichtig auf und klopft mir auf den Rücken. Mein Bruder. Heute hat er meine Aufgabe übernommen und spielt den Aufpasser.

Was war das, frage ich und höre mich ganz seltsam dabei an.

Keine Ahnung, aber gut, sagt er.

Mein Bruder lallt auch, das Sprechen scheint ihm genauso schwer zu fallen wie mir. Ich will noch etwas sagen, aber meine Zunge liegt mir taub im Mund und ich lasse es sein. Wir drehen uns um zu der versammelten Menge. Die Frauen hinter uns lächeln uns milde an und stimmen einen hohen, kehligen Gesang an. Die anderen setzen ein. Die beiden Männer, die vorher das Schaf gehäutet und zerteilt haben, kommen mit großen

Silberplatten, darauf die ausgelösten Fleischstücke. Sie schieben zwei Roste über die Glut am Rand des Lagerfeuers und verteilen das Fleisch darauf. Es zischt, als das Fett in die Glut tropft, es riecht nach Kreuzkümmel und Pfeffer, und die Menschen kommen ans Feuer heran, um einen Happen abzubekommen.

Die Helfer bringen noch mehr Platten herbei. Couscous, Kichererbsen, einen Brei aus Auberginen und dazu einen Berg Fladenbrote. Die Stimmung ist ausgelassen, so als wäre das hier nicht mehr als ein überdrehtes Picknick.

Brahim zeigt uns, wie man das Brot gleichzeitig als Teller und Besteck verwendet. Ich habe einen Hunger, als hätte ich seit Tagen nichts mehr gegessen.

War es das, frage ich Brahim zwischen zwei Bissen.

Nein. Um Mitternacht geht es weiter. Dann wird durchgetanzt bis zum Morgengrauen. Deshalb essen jetzt alle. Damit sie später Kraft haben.

Mein Bruder sieht sich zufrieden um.

Was für ein Abend, sagt er.

Danke, sage ich. Hätte ich ohne dich nie gemacht.

Ich ohne dich auch nicht.

Aber du hast die Sache doch eingefädelt, noch bevor ich da war.

Weil ich mir sicher war, dass du kommst.

Warum?

Auf dich war noch immer Verlass, sagt mein Bruder. Nach Lahna habe ich kommen müssen, um das zu hören. Aber manche Dinge erlebt man wahrscheinlich nur auf der anderen Seite der Wüste.

Und, frage ich, stimmt es, was die Wahrsagerin gesagt hat, dass du nachts durch den Regen läufst?

Mein Bruder zieht die Brauen hoch.

Da habe ich ganz schön Augen gemacht, als sie das erzählt hat. Ich bin nämlich wirklich nach dem Begräbnis von Annette den ganzen Nachmittag und die ganze Nacht durch den strömenden Regen gelaufen. Erst in der Früh, als es aufgehört hat, bin ich nach Hause gegangen.

Erzähl mir von Annette!

Als du mit dem Singen begonnen und mir den Rücken gekehrt hast, war ich wie vor den Kopf gestoßen. Allein wusste ich nicht viel anzufangen mit mir. Ich war es gewohnt, dich neben mir zu haben.

Du bist doch nach Japan gegangen, sage ich, also, planlos hört sich das für mich nicht an.

Das war schon Annettes Idee, sagt er.

Was? So lange kennt ihr euch schon?

Zwei Wochen nachdem du mit dem Singen begonnen hast, habe ich Annette getroffen.

Wo?

Ich habe die Stellenanzeigen aufgeschlagen und blind auf einen Punkt getippt. *Fotografin sucht Dolmetscher* für Japanreise. Ich habe sie angerufen, wir haben uns getroffen und es hat sofort gestimmt zwischen uns. Da war von Anfang an eine direkte Verbindung. Als wir uns zum ersten Mal gesehen haben, es war ein Nachmittag unter der Woche in irgendeinem Café, da haben wir beide lachen müssen. Wie zwei alte Bekannte, die sich nach langer Zeit wieder begegnen und sich wundern, was aus dem anderen geworden ist.

Sie war fünfzehn Jahre älter als du.

Siebzehn Jahre.

Und was hat sie fotografiert?

Die verschiedensten Dinge. Aber wenn sie sich für ein Thema entschieden hatte, dann arbeitete sie Monate daran, manchmal auch Jahre. Es reichte ihr, wenn sie alle heiligen Zeiten einmal eine Ausstellung hatte und hie und da ein Foto verkaufte. In Japan hat sie zwei

Jahre lang Bäume fotografiert. Um einen bestimmten Baum zu finden, sind wir oft tagelang unterwegs gewesen.

Du hast nie von ihr erzählt, sage ich.

Das war meine Rache, weil du mich verstoßen hast.

Brahim stößt meinen Bruder an und deutet nach vorne, wo sich die Musiker wieder bereitmachen.

Es geht weiter. Kommt, sagt er und steht auf.

Die Leute rundum sind schon dabei, ihre Decken zusammenzulegen, um Platz zu schaffen für den Tanz.

Das durchdringende Klirren der Eisenklappern beginnt wieder, dann treten die drei Musikanten zur Seite und machen Platz für ihren Meister, den Lautenspieler. Der scheint seinem Instrument etwas zuzumurmeln, hält sich dann den Klangkörper ans Ohr, nickt, als hätte seine Laute ihm etwas zurückgeflüstert, wirft wieder eine Handvoll dunkler Kügelchen ins Feuer, worauf duftende Rauchschwaden aufsteigen, und stößt darauf einen schrillen Schrei aus. In einem stürmischen Rhythmus beginnt er die Saiten zu schlagen, und ein Teil der Leute fällt fast ansatzlos in wilde Bewegungen. Jegliche Hemmungen scheinen von den gerade noch zurückhaltend wirkenden Menschen abzufallen, als ob ein ungeschriebenes Gesetz über dem Feuer stehen würde, dass heute Nacht und hier alles erlaubt sei. Von denen, die es nicht so gepackt hat und die gemächlicher vor sich hin tanzen, gibt es keine schiefen Blicke und keine Vorwürfe für die wilde Lust der anderen, die sich immer mehr zur Ekstase steigert. Einem Mann links von mir tropft der Speichel aus dem offenen Mund, die Frau hinter ihm rauft sich die Haare und verdreht die Augen, und eine Alte, der man das noch vor wenigen Minuten niemals zugetraut hätte, schlägt einen tolldreisten Purzelbaum zwischen den anderen Tänzern hindurch. Die Hemmungslosigkeit ist faszinierend, gleichzeitig aber auch beängstigend. Aber gerade als das Geschehen außer Kontrolle zu geraten scheint, wechselt der Lautenspieler den Rhythmus, und die Tänzer, die gerade noch wild herumgesprungen sind, sinken hin und winden sich unter krampfartigen Zuckungen am Boden. Dafür beginnen sich diejenigen, die bisher teilnahmslos herumgestanden sind, wie Tiere zu gebärden. Sie stürzen sich ins seichte Wasser, suhlen sich im Schlamm und beginnen sogar, sich den Schlick von den Fingern zu schlecken.

Mein Bruder und ich, wir schauen fragend zu Brahim hinüber.

Die Hallufat, schreit er uns ins Ohr, um die laute Musik zu übertönen, eine Art Sekte.

Was heißt Hallufat, fragt mein Bruder.

Schweine, sagt Brahim, wir verachten sie, aber während der Geisterbeschwörungen können sie tun und lassen, was sie wollen.

Der Lautenspieler beobachtet das Geschehen wieder ganz aufmerksam, und wieder passt er genau den Zeitpunkt ab, als die Stimmung zu kippen droht, und wechselt den Rhythmus.

Was läuft da ab, frage ich Brahim.

Der Meister spielt die zweiundzwanzig verschiedenen Rhythmen. Für jeden der Geister einen. Das geht jetzt in einem durch bis vier oder fünf Uhr früh. Und je nachdem, wer dein Schutzgeist ist, zu diesem Rhythmus fällst du in Trance. Vorsicht!

Brahim zieht mich zur Seite, weil ein Mann mit zwei kleinen Messern aufgetaucht ist, der sich am Unterleib winzige Stiche zufügt. So schnell, dass ich seinen Bewegungen kaum folgen kann. Dazu wirbelt er um die eigene Achse. Die Aufmerksamkeit des Lautenspielers ist ganz bei ihm, und gerade als sich die hellen Hosen des

Mannes blutrot zu verfärben beginnen und ich anfange, mir Sorgen um ihn zu machen, wechselt der Lautenspieler wieder den Rhythmus. Plötzlich packt es mich. Genau der gleiche Sog wie zu Beginn. Der Kopf plötzlich leer, meine Arme zappeln, als wäre ich eine Marionette, die von einer fremden Kraft gelenkt wird. Noch kurz bin ich bei mir, und dann ist da nichts mehr.

Ich wache erst wieder auf, als mich jemand sanft an der Wange tätschelt. Ich lasse die Augen noch geschlossen, kann gar nicht anders, dieses wohlige Gefühl der völligen inneren Leere ist noch überall. Das Tätscheln hört aber nicht auf. Schließlich schlage ich die Augen auf und schrecke zurück. Es ist der Mann mit den Messern. Sein Gesicht direkt über meinem. Gerade dass sich unsere Nasen nicht berühren. In gebrochenem Englisch fragt er mich, ob ich seinen Tanz gesehen habe. Ich nicke nur stumm. Ob es mir gefallen habe, will er wissen, und wieder nicke ich kurz. Er würde gerne auftreten, sagt er, in einem Nachtklub, am besten in Agadir, ob ich ihn nicht vermitteln könne. No, sage ich nur, mehr bekomme ich nicht heraus. Ich lasse mich wieder zurücksinken, schließe die Augen und lege mir sicherheitshalber auch noch die Hände aufs Gesicht. Und dann kommt etwas, das tiefer ist als Schlaf.

Da ist uns anscheinend jemand bei unseren Feldforschungen zuvorgekommen.

Ich weiß, dass ich die Stimme kenne, aber nicht, wem sie gehört. Meine Augen gehen nicht auf. Ich kann nicht nachsehen, wer da steht und mit mir spricht. Dafür spüre ich die Sonne auf der Wange und ein Insekt, das über meinen rechten Oberarm krabbelt.

Langsam taucht meine Erinnerung auf, aber so, als wäre sie die eines anderen. Ich zwinkere in die Helligkeit, zwei Menschen stehen da und jetzt fallen mir auch wieder ihre Namen ein.

Hallo Gudrun, hallo Bernhard, sage ich und merke, dass ich einen seltsamen Akzent habe. Als wäre Deutsch nicht meine Muttersprache.

Wir haben dich gesehen in der Nacht, sagt Bernhard, während sich Gudrun zu mir kauert.

Geht es dir gut, fragt sie.

Kann ich nicht sagen. Ist alles so ...

Keine Ahnung, wie ich das in Worte fassen soll. Mein Körper fühlt sich an wie aus Luft, aus heller Luft. Helle Luft mit flirrenden Staubpartikeln darin. Wie zu Hause in meinem Schlafzimmer, wenn ich in der Früh die Jalousie hochziehe und die Sonne hereinlasse.

... wie Sonntagmorgen, sage ich und sehe, wie Gudrun sich das Lachen nur schwer verkneifen kann.

Wahrscheinlich sehe ich aus, als hätte ich Drogen genommen. Rote Augen, große Pupillen und mein Blick, der nicht genau trifft, sondern knapp an Gudrun vorbeistreift. Ich richte mich auf, stütze mich auf den Ellbogen und schaue mich um. Außer mir ist keiner mehr da. Auch mein Bruder und Brahim sind weg.

Habt ihr meinen Bruder gesehen, frage ich.

Keine Ahnung, wie dein Bruder aussieht.

Er war außer mir der einzige Ausländer bei dem Tanz gestern Abend.

Mir ist in dem Trubel kein anderer Ausländer aufgefallen, sagt Gudrun.

Mir auch nicht, Bernhard schüttelt den Kopf.

Und heute früh, im Ort, ist euch da auch niemand begegnet, der mir ähnlich sieht?

Nicht, dass ich wüsste, sagt Gudrun und schaut hinauf zu Bernhard.

Nein, schüttelt der den Kopf, wir haben uns noch gefreut, dass wir die einzigen Ausländer hier sind.

Ich stehe auf, zu schnell, mir dreht sich alles. Die Ruhe und Klarheit sind beim Teufel. Dafür fliegen mir die wirrsten Gedanken durch den Kopf. Dass mir gestern Abend vielleicht tatsächlich irgendwelche Drogen verpasst wurden, dass das Wiedersehen mit meinem Bruder nur in meiner Fantasie stattgefunden hat, dass er gar nicht hier ist in Lahna und ich alleine hier sitze in dieser Oase am Ende der Welt. Ich beuge mich hinunter, die Hände auf den Knien, warte, dass mir das Blut in den Kopf rinnt und der Schwindel vergeht. Gudruns Hand auf meinem Rücken beruhigt mich nicht wirklich.

Wo habt ihr geschlafen, frage ich.

Es gibt nur das *Desert House*, sagt Bernhard, das ist gleichzeitig auch der einzige Ort in Lahna, in dem man etwas essen und einen Kaffee trinken kann.

Ist es weit von hier?

Lahna ist so klein, sagt Bernhard, da ist nichts weit weg. Einfach geradeaus zur Kreuzung mit der Tankstelle und dann nach links.

Gudrun hält mir einen Schlüssel hin.

Wir haben dir gestern Abend ein Zimmer genommen, die Nummer drei. Wenn du in den ersten Stock hinaufsteigst, ist es gleich das rechte. Dein Gepäck steht neben dem Bett. Leg dich hin und schlaf dich aus, wir kommen später mal vorbei und schauen, wie es dir geht.

Danke, sage ich, nehme den Schlüssel und trotte davon.

Das Gehen fühlt sich gut an, wie etwas, das ich vor Ewigkeiten einmal gemacht habe. Wie wenn man nach Jahren zum ersten Mal wieder auf ein Fahrrad steigt und merkt, man kann's noch.

An dem weißen Kuppelbau steht eine Gruppe von Frauen um einen Wasserhahn. Sie füllen ihre weißen Kunststoffkanister auf und scherzen miteinander, Schleier tragen sie keine. Ich sehe sie mir genau an, ob ich eine der Frauen von gestern Nacht wiedererkenne. Sie werden aufmerksam auf mich, tuscheln kurz und winken dann herüber zu mir. Im Näherkommen erkenne ich wirklich zwei wieder. Sie haben uns Platz gemacht, meinem Bruder und mir, als wir nach vorne gegangen sind, kurz bevor der Zeremonienmeister das Schaf geopfert hat. Ich versuche mich mit Händen und Füßen verständlich zu machen. Ob sie den Mann gesehen haben, der gestern Abend bei mir war. Sie kichern wie Mädchen, obwohl sie gar nicht mehr jung sind, von denen ist keine unter fünfzig, aber eine Energie haben die wie Jugendliche. Macht vielleicht die regelmäßige Geistertänzerei. Vielleicht hält das ja jung, wenn man sich gutstellt mit der anderen Welt. Jetzt macht eine der Frauen so, als würde sie am Steuer eines Autos sitzen.

Ist mein Bruder weggefahren, frage ich und zeige in alle Himmelsrichtungen, in der Hoffnung, auch gleich zu erfahren, wohin er abgehauen ist.

Eine sagt etwas auf Arabisch. Ein kurzes Wort, zwei Silben. Kann Westen oder Süden heißen, kann aber auch der Name eines Ortes sein. Ich durchsuche meine Taschen, ziehe einen Kuli hervor und halte ihn der Frau hin, zusammen mit meiner Hand, deute ihr, sie soll mir das Wort auf die Handfläche schreiben. Die Frauen lachen laut auf, schütteln den Kopf und winken ab, schauen mich an wie einen Idioten, wie ich auf die Idee komme, dass sie schreiben könnten. Eine zeigt noch nach vorne Richtung Tankstelle. Wenn man von Lahna wegkommen will, hat man dort wahrscheinlich die besten Chancen, mitgenommen zu werden. Und dort werden sie hoffentlich auch ein paar Brocken Englisch verstehen.

Danke, sage ich und gehe davon. Als ich mich noch einmal umdrehe, sehe ich, wie eine von ihnen meinen nächtlichen Tanz imitiert und alle daraufhin in lautes Lachen verfallen. Habt euren Spaß, ich habe hoffentlich bald meinen.

An der Tankstelle stehen ein alter Jeep und ein rostiger Landcruiser ohne Türen, und im Schatten eines Kleinlasters kauern drei Männer und trinken Tee.

Keine Ahnung, ob sie mich verstehen, als ich sie nach meinem Bruder frage, aber sie deuten nach Westen. Also nicht zurück nach Zag und in die Richtung, aus der wir gekommen sind, sondern hin zum Meer.

Wie lange fährt man bis dorthin, will ich von ihnen wissen.

Sie lassen die Finger in die Höhe wandern, der eine fünf, der zweite acht, und der dritte hält beide Hände in die Luft.

Dafür sind sie sich beim Preis einig. Für hundert Euro bringen sie mich hin, und wir können aufbrechen, wann immer ich will.

Billig ist das nicht, aber ich darf meinen Bruder nicht verlieren. Ich deute ihnen, dass ich mein Gepäck holen gehe und in einer halben Stunde wieder hier bin. Ich will noch kurz duschen und etwas essen.

Vor dem *Desert House* sind Tische und Sessel aufgestellt. Männer sitzen und rauchen und trinken Kaffee. Als ich hineingehe, sieht mich der Wirt an. Ich halte ihm den Schlüssel hin, den mir Gudrun gegeben hat. Er nickt und lächelt.

Welcome, sagt er und zeigt die Stufen hinauf.

Ich gehe duschen, sage ich. Und kann ich anschließend etwas zu essen haben?

Um wie viel ich duschen will, fragt mich der Wirt, und ich habe keine Ahnung, was er meint.

Man zahlt hier pro Kübel, sagt er, wie viel ich will, er muss das Wasser nach oben tragen und in ein Reservoir kippen, das kann ich dann leeren.

Keine Ahnung, sage ich.

Vier Kübel, rät er mir.

Ist gut, sage ich und gehe hinauf.

Das Zimmer ist nicht viel größer als das Bett. Sonst steht auch nichts drinnen. Die Dusche befindet sich im Freien hinter einer Lehmwand. Durch die teils verstopften Löcher des rostigen Duschkopfs fällt das Wasser unregelmäßig wie beginnender Regen. Mein Besuch beim Professor am Konservatorium fällt mir ein. Als ich zum ersten Mal die schwere Glastür am Eingang aufdrückte. Als sie hinter mir ins Schloss fiel und ich alleine die Stufen zu seinem Büro hinaufstieg. Als der Professor mir die anstrengende und aufreibende Ausbildung beschrieb und meine Karrieremöglichkeiten, wenn ich durchhielte. Als ich alleine aus dem Konservatorium trat und es regnete. Als ich in das Lieblingslokal von mir und meinem Bruder ging und er nicht da war. Als ich durch die Stadt streifte, weil ich nicht heimwollte. Als ich um vier Uhr morgens schließlich völlig durchnässt meine Wohnung aufsperrte und nicht schlafen konnte. Als auch mich Lalla, Madame des Wetters und der Bruderliebe, befiel.

Nachdem ich mich gewaschen habe, ziehe ich mich um, packe und gehe mit meinen Sachen hinunter. Ich bin zwar müde, aber auch viel zu aufgeregt, um mich hinzulegen. Als ich an der Theke meine Rechnung zahle, steigt mir der grasige Geruch von Marihuana in die Nase. Ich drehe mich um und entdecke einen Mann, der in der hintersten Ecke sitzt und genüsslich an einem kleinen Pfeifchen zieht. Zuerst sehe ich nur seine Umrisse, aber nachdem sich meine Augen an die Dunkelheit gewöhnt haben, merke ich, dass es der Zeremonienmeister von gestern Nacht ist, der Mann mit der Laute. Er ist nur ein Schatten seiner selbst, kreidebleich, eingesunken, nichts von dem wachen Blick, mit dem er gestern Abend das wilde Treiben beobachtet hat.

Kakani, sagt der Wirt und deutet auf den Alten.

Was?

Kakani, sagt er noch einmal, der *Vater der Nacht.*

Ich bitte den Wirt um zwei Tassen Kaffee und gehe damit hinüber.

Ob er einen Kaffee mag, frage ich den Zeremonienmeister und schiebe ihm, ohne seine Antwort abzuwarten, eine der Tassen hin.

Er sieht mich an, sagt aber nichts, sondern wirft einfach die drei Zuckerstücke von der Untertasse in den Kaffee und beginnt umzurühren. Ich will mich auf den Platz rechts von ihm setzen, doch er winkt ab, deutet auf die andere Seite. Jetzt erst bemerke ich die Katze neben seinem linken Oberschenkel, der er immer wieder sanft durch die Nackenhaare streicht.

Ob er weiß, wo der Ausländer ist, dem er gestern seinen Geist ausgetrieben hat, frage ich ihn.

Der Mann nickt, nimmt aber dann, statt zu antworten, einen vorsichtigen Schluck von seinem Kaffee. Keine Ahnung, ob er mich verstanden hat, ungeduldig will ich aber auch nicht sein, selbst wenn er gerade nicht so aussieht, ist er eine Respektsperson hier und wahrscheinlich gewohnt, dass man ihm mit Zurückhaltung begegnet. Also warte ich und sehe ihm zu, wie er abwechselnd an der Tasse nippt und an seinem Pfeifchen zieht. Vielleicht denkt er ja nach. Fünf Minuten sitzen wir so da, in denen keiner ein Wort sagt. Irgendwann drehe ich mich um zur Theke. Der Wirt steht da und beobachtet uns, als wäre es die gewöhnlichste Sache der Welt, dass sich zwei an einem Tisch gegenübersitzen und anschweigen. Wahrscheinlich strömt der Alte eine Kraft aus, an der man teilhat, wenn man sich einfach nur in seinem Dunstkreis aufhält. Wahrscheinlich kommen viele, die nichts anderes wollen, als stumm neben ihm zu sitzen.

Noch einen Kaffee, frage ich ihn, um vielleicht doch noch ein Gespräch in Gang zu bringen. Er nickt, der Wirt hat es mitbekommen, ich höre, wie er den Kaffee einschenkt. Gleich darauf stellt er die Tasse vor den kiffenden Alten. Der macht weiterhin keine Anstalten zu reden. Er sieht mich nicht einmal an, raucht und trinkt und streichelt seine räudige Katze.

Einen Versuch noch. Ich ziehe das Foto meines Bruders aus der Tasche und lege es ihm hin. Er nimmt das Foto auf und betrachtet es konzentriert. Dann sagt er etwas auf Arabisch. Ich sehe ihn fragend an. Er wiederholt den Satz auf Arabisch und zeigt dann auf mich.

Ich nehme ihm das Foto wieder ab und halte es neben mein Gesicht. Damit er die Ähnlichkeit sieht und versteht, dass der Mann auf dem Bild mein Bruder ist.

Wo ist er, frage ich und drehe meine Handflächen nach oben.

Wieder sagt er etwas auf Arabisch, und ich drehe mich fragend zum Wirt um, aber der ist verschwunden. Ich hole Bleistift und Papier aus der Tasche, deute ihm, er solle mir aufschreiben, wohin mein Bruder gefahren ist. Er nimmt den Bleistift und will eine Linie ziehen, das Blatt rutscht ihm jedoch weg. Er denkt aber nicht daran, das Streicheln seiner Katze zu unterbrechen und das Papier festzuhalten, also tue ich ihm den Gefallen. Er zieht wilde Linien, zu erkennen ist nichts, und ich denke mir schon, gut, er ist high und kritzelt einfach nur so vor sich hin, da merke ich, dass er einen Vogel zeichnet. Ich kenne mich nicht aus mit Tieren, keine Ahnung, was das sein soll. Der Körper ist eher schwerfällig, der Kopf federlos und nackt, der Schnabel ist lang und sichelförmig. Als er fertig ist, zieht er noch eine Wellenlinie hinter dem Vogel. Dann tippt er mit dem Stift auf seine Zeichnung und sagt etwas, das ich nicht verstehe.

Er sagt, der Ibis ist das heilige Tier von Lalla Hawa.

Ich drehe mich um. Der Wirt steht wieder hinter der Theke.

Und wo ist mein Bruder jetzt?

Der Wirt übersetzt meine Frage und bekommt auch sofort eine Antwort von dem Alten.

Er sagt, Sie sollen zu den Ibissen fahren.

Und wo genau sind die?

Wieder übersetzt der Wirt, und als ihm der Alte dieses Mal antwortet, begleitet er seine Worte mit Wellenbewegungen seiner Hände. Sogar seine Katze hat er losgelassen.

Er sagt, die Ibisse leben dort, wo sich Wüste und Meer treffen.

Den Rucksack habe ich am Rücken, die Tasche über die Schulter geworfen. In der Brusttasche spüre ich die Sonnenbrille meines Bruders. Warum hat er nicht auf mich gewartet? Tut zuerst so, als würde er sich freuen, mich zu sehen und verschwindet dann wieder wortlos. Wenigstens weiß ich, wo ich ihn finde. Hört sich gut an, die Wüste an der Küste. Das muss dort sein, wo Norbert sein Projekt zu Ende bringen will. Wo er endlich seine Wüstenfuchsscheiße mit Blick aufs Meer aufsammeln darf. Da vorne ist die Tankstelle. Die Männer entdecken mich und winken mir zu. Die machen heute einen halben Monatslohn mit mir. Einer der Männer kommt mir entgegen. Er nimmt mir die Tasche ab und trägt sie zu dem Geländewagen, dem die Türen fehlen. Wird staubig werden die Fahrt. Theatralisch räuspere ich mich vor ihm. Er versteht gleich, was ich meine, zieht ein Tuch aus seinem Ärmel und hält es sich vor den Mund. So etwas brauche ich auch. Er nickt und zeigt die Straße hinunter. Ich folge seinem ausgestreckten Zeigefinger und komme auf einen kleinen Platz mit einigen Marktständen. Ein Mann verkauft T-Shirts, Hosen und Tücher. Ich nehme ein blaues, genau die Farbe, wie sie die Tuareg auf den Ansichtskarten tragen. Danach gehe ich nicht direkt zum Wagen zurück, sondern mache noch einen Umweg über das Guesthouse. Nach allem, was Gudrun und Bernhard für mich getan haben, wäre es nicht richtig, einfach so zu verschwinden. Ich bin ja nicht mein Bruder. Ich schreibe ihnen ein paar Zeilen. Bedanke mich und erzähle ihnen von dem Brutplatz der Ibisse, dort, wo Wüste und Meer sich treffen. Und dass ich mich freuen würde, sie dort zu sehen. Der Wein geht auf mich, schreibe ich, den wir gemeinsam trinken am Strand, die Füße im Ozean. Meinen Namen setze ich in Blockbuchstaben darunter, weil ich meine eigentliche Unterschrift nicht mag. Ein nervöses Gekrakel, aber ich kriege sie nicht anders hin. Ich falte das Blatt zusammen, schreibe *Gudrun* darauf und gebe es dem Wirt. Er nickt und schiebt es in ein Fach unter seiner Theke. Ob Gudrun meinen Brief jemals zu lesen bekommen wird?

An der Tankstelle höre ich vom Wasserreservoir her Frauen singen. Vielleicht machen Gudrun und Bernhard gerade eine Aufnahme von dem Gesang. Ich werde sie nicht stören. Außerdem muss ich los. Mittag ist vorbei, und es liegen mindestens fünf, vielleicht sogar zehn Stunden Fahrt vor mir. Und besonders werden die Straßen hier unten im Süden nicht sein. Besser, wenn wir nicht zu lange in der Dunkelheit unterwegs sind.

Das Tuch war ein guter Kauf, denn nach wenigen Kilometern bin ich voller Sand. Überall wirbelt es ihn hin, sogar in meine Hosentaschen hinein. Ohne das Tuch wäre ich schon erstickt. Auch so habe ich Sand im Mund. Er knarzt zwischen den Zähnen und klebt unangenehm an Gaumen und Zunge. Dafür spricht mein Fahrer ein paar Brocken Englisch. Weil der Motor so laut dröhnt und der Fahrtwind seine Stimme aus dem Wagen weht, ist er leider nur schwer zu verstehen. Noch vor dem Einsteigen habe ich ihm die Zeichnung von dem Ibis gezeigt.

Ja, genau, hat er gemeint und genickt, diese Vögel leben an der Küste.

Ob ich Vogelkundler sei, fragt er mich jetzt, nimmt eine Hand vom Lenkrad und hält sie sich wie ein Fernrohr vors Auge.

Nein, gar nicht, schüttele ich den Kopf und weiß nicht, wie ich ihm die Sache erklären soll. Schließlich tippe ich auf den Vogel und sage *Lalla Hawa*.

Er sieht mich seltsam an. Eine Mischung aus Ärger und Unbehagen.

Ist was für Frauen, sagt er und meint wahrscheinlich diese ganze Geisterbeschwörerei. Gestern waren wirklich fast nur Frauen auf der Zeremonie und alle so locker und unverkrampft, wie ich sie auf der ganzen Reise noch nicht erlebt habe.

Nachvollziehbar, dass den Männern das nicht recht ist. Die Geistersache als reinen Humbug abzutun, traut er sich aber offensichtlich auch nicht, dafür scheint er dann doch zu abergläubisch zu sein. Auch verständlich. Wenn man tagaus, tagein alleine durch die Wüste fährt, hat man wahrscheinlich wenig Lust, eine verärgerte

Lalla Hawa neben sich auf dem Beifahrersitz zu haben. Ich tippe mir auf die Brust und erzähle ihm, dass ich gestern Nacht auch getanzt habe, nur, weil ich wissen will, wie er reagiert.

In Marokko tanzen gewöhnlich nur Frauen und Frauenmänner, sagt er und schminkt sich zur Erklärung mit imaginärem Lippenstift und Kajal Mund und Augen.

Ob er nicht an die Geister glaube, frage ich.

Er kenne ihre Namen, sagt er, und vor langen und gefährlichen Fahrten würde er ein Huhn opfern, dazu würde er aber zu Allah beten und aus dem Koran lesen.

Allah ist groß, sagt er, und dann deutet er hinüber zum Handschuhfach.

Ich mache es auf, und er greift hinüber zu einem kleinen Tiegel mit Salz, der da steht. Er nimmt ein wenig davon zwischen die Finger und streut es aus dem Wagen, nimmt noch mal etwas und lässt es sich über Kopf und Schultern rieseln und schleckt die letzten Kristalle schließlich von seinen Fingerkuppen.

Die Geister mögen kein Salz, sagt er und deutet mir dann, ich solle mich bedienen, wenn mir danach sei.

Schon drei Stunden später erreichen wir eine asphaltierte Straße. Weit kann es jetzt nicht mehr sein bis zum Meer. Mit den fünf, acht oder sogar zehn Stunden Fahrt, von denen in Lahna die Rede war, wollten die Männer wahrscheinlich den hohen Preis rechtfertigen. Ist mir egal. Ich bin froh, dass wir hier sind. Der Fahrer hält an, steigt aus dem Wagen und schüttelt sich die Kleidung aus. Er deutet mir, es ihm gleichzutun. Dann geht er nach hinten und holt einen Kanister aus dem Kofferraum. Er lässt mir das Wasser langsam über Hände und Arme laufen und deutet dann, ich solle mir auch den Mund ausspülen. Es ist eine unglaubliche Wohltat, den Sand aus den Zähnen zu bekommen. Die Wüste los zu sein.

Die Asphaltstraße ist ein Genuss.

Wo meine Familie sei, will er von mir wissen.

Ich zeige nach vorne.

Mein Bruder wartet am Meer auf mich, sage ich.

Nein, sagt er, er meine Frau und Kinder.

Keine Kinder, und die Frau ist daheim, sage ich und merke in dem Moment, dass ich mich noch immer nicht bei meiner Freundin gemeldet habe. Ich fingere nach meinem Handy. Leer. Ich habe vergessen, es in Lahna aufzuladen. Was heißt vergessen? In Lahna hatte ich anderes zu tun, als mich um mein Handy zu kümmern. Mit Geistern getanzt und mit meiner Freundin gespielt. Hoffentlich ist sie nicht sauer. Und wenn schon. Das ist alles so weit weg. Wenn man die Wüste durchquert hat, dann fühlt sich alles davor unwirklich an. Als wäre alles bisher nur Spiel gewesen, und jetzt wird es ernst.

Ob er einen Bruder hat, frage ich meinen Fahrer.

Vier, sagt er stolz.

Mehr als einen Bruder. Ich frage nicht mehr weiter. Er hat ohnehin keine Ahnung, wovon ich spreche.

Vor uns schon wieder eine Wasserfläche, die sich im Näherkommen als Luftspiegelung entpuppen wird. Nein, dieses Mal ist sie echt. Ein Reiher fliegt auf.

Das Meer, sagt mein Fahrer und zeigt nach rechts.

Da ist es wirklich. Obwohl es seit Sidi Ifni nur ein paar Tage her ist, freue ich mich, den Ozean wiederzusehen.

Die Wasserfläche weitet sich. Kein kleiner Tümpel, wie ich zuerst geglaubt habe, sondern ein Meeresarm, der sich weit ins Landesinnere hinein erstreckt. Möwen und Enten, die träge auf dem Wasser dahintreiben, und dann plötzlich, wie eine unwirkliche, rosafarbene Insel, Hunderte eng beisammenstehende Flamingos. Am anderen Ufer gibt es Gemüsefelder, Dattelpalmen und eine kleine Siedlung. Wir fahren in den Ort hinein und halten vor einem der größten Häuser. *Auberge de Ibis.* Wenn sich das Guesthouse so nennt, wird es diese Vögel ja irgendwo geben. Das Haus sieht übrigens erstaunlich gepflegt aus. Mehrstöckig, die Fassade frisch getüncht, hinter der Umfassungsmauer lugen einige Palmen hervor. Macht einen ganz anderen Eindruck als die staubigen und heruntergekommenen Unterkünfte in Zag und Lahna. Der Fahrer hat es plötzlich eilig. Kaum dass wir stehen, springt er aus dem Wagen und trägt meine Tasche und meinen Rucksack zum Eingang des Hauses.

Hier sind wir, meint er und verlangt das Geld. Als ich ihm den Schein in die Hand drücke, grüßt er nur kurz, steigt schon wieder in den Wagen und ist dahin.

Ich drücke die Klinke der großen, massiven Holztür. Sie ist abgesperrt. Ich klopfe und warte, es kommt aber keiner. Innerlich fluche ich schon auf den Fahrer, weil er mich vor einem geschlossenen Hotel abgesetzt hat, da höre ich doch noch Schritte und gleich darauf die Stimme einer Frau.

Einen Moment, meint sie, und dann dreht sich ein schwerer Schlüssel im Schloss.

Die Frau ist sehr jung, viel älter als zwanzig wird sie nicht sein, dabei ist sie unglaublich schön und hat das Auftreten einer Aristokratin. Zurückhaltend, aber nicht arrogant, Stimme und Bewegungen sehr fein und dezent. Genau das Gegenteil von den Frauen, die gestern Nacht bei der Geisterbeschwörung nacheinander in Ekstase gefallen sind. Mit ihren schwarzen Haaren und dem dunklen Teint sieht sie aus wie eine Marokkanerin, soweit ich das beurteilen kann, spricht sie aber ein akzentfreies Französisch. Durch einen dunklen Gang führt sie mich auf eine Terrasse. Stufen führen in den Garten hinunter. Ich lasse meinen Blick über Agaven, kleine Stechpalmen, einen Feigenbaum und mehrere feuerrot blühende Sträucher schweifen. Unter einem Sonnensegel sind Tische aufgestellt. Mein Zimmer geht gleich von der Terrasse weg. Ich werfe meine Sachen aufs Bett. Vier Uhr ist es. Ich will unbedingt heute noch los und die Ibisse suchen gehen.

Ich frage die Frau nach den Vögeln.

Ohne Führer haben Sie keine Chance, die Ibisse zu entdecken, sagt sie. Ich kenne aber jemanden, der sich wirklich gut auskennt. Wenn Sie wollen, kann ich ihn anrufen. Wann möchten Sie denn aufbrechen?

Gleich, sage ich.

Wir gehen wieder hinein und den dunklen Gang hinunter.

Warten Sie hier, sagt sie und verschwindet hinter einer Tür.

Ich höre sie telefonieren, dann kommt sie mit dem Telefon am Ohr heraus.

Er kann in zwanzig Minuten hier sein.

Sehr gut, sage ich.

Sie schaut nach unten, als sie wieder in ihr Handy spricht. Ich sehe sie nicken, dann scheint er noch etwas zu sagen, sie schaut auf zu mir, nennt mir den Preis und fragt, ob ich einverstanden bin.

Wenn ich dafür einen Ibis zu Gesicht bekomme, kein Problem, sage ich.

Sie gibt das weiter, hört wieder zu, ein kurzes Lächeln huscht über ihr Gesicht, und dann legt sie auf.

Ich soll Ihnen sagen, dass er der einzige Führer ist, der eine Erfolgsgarantie gibt, und außerdem hätte er den besten Motorroller im Dorf.

Vielen Dank, sage ich.

Sie nickt, ohne zu lächeln, wieder ganz die kühle Distanziertheit von vorhin.

Sie können im Garten auf ihn warten, sagt sie.

Während sie telefoniert hat, ist mir mein leeres Handy eingefallen.

Gleich, sage ich, gehe noch schnell aufs Zimmer und stecke es an.

Der Garten ist ein himmlisches Plätzchen, vom Meer kommt eine sanfte Brise, die Palmwedel mit ihren haarigen Spitzen rascheln im Wind, gar nicht so weit weg kann ich die Flamingos sehen. Ihr Rosarot ist völlig unwirklich, dazu die staksenden Schritte und die seltsam geformten Schnäbel. Kein Tier, das man sich ausdenken könnte.

Eine Fliege tanzt vor mir in der Luft. Als ich versuche, sie zu verscheuchen, merke ich, dass da gar nichts ist. Halluzinationen im Paradies, vielleicht die Nachwirkungen der Dämpfe, die ich bei dem Geistertanz gestern Nacht eingeatmet habe, oder auch zu wenig Schlaf oder beides.

Dass mein Bruder heute Morgen einfach abgehauen ist, nehme ich ihm gar nicht mehr übel, ich verstehe es sogar. Nicht dass ich sagen könnte warum, ich habe einfach nur das Gefühl, dass er weiß, was er macht, und das ist weit mehr, als ich von mir behaupten kann.

Ja, gerade bin ich vollauf zufrieden mit meiner Rolle des Verfolgers. Wüstendurchquerungen, Geistertänze und jetzt die Jagd nach einem seltenen Vogel, alleine hätte ich das nicht gemacht. Sind auch alles Dinge, die mir zu Hause keiner glauben wird, wenn ich sie erzähle. Aber gerade fällt mir auch keiner ein, dem ich davon erzählen möchte. Nicht einmal meiner Freundin. Ich wüsste auch gar nicht, wie ich ihr das beibringen sollte, was ich die letzten Tage, oder sind es schon Wochen, erlebt habe. Heute im Jeep habe ich versucht, meine Erlebnisse nur für mich selbst in Worte zu fassen. Ist mir nicht gelungen.

Nein, es ist besser, kein Wort darüber zu verlieren. Zu niemandem. Wenn jemand fragt, was ich in Marokko gemacht habe, zeige ich ihm ein paar Ansichtskarten, und was wirklich war, wissen nur mein Bruder und ich. Ich bin schon neugierig, was er als nächstes plant. Was da draußen passieren wird, an der Küste, mit den Vögeln. Bisher hat er es geschafft, immer noch eins draufzusetzen. Wenn ich das Gefühl hatte, jetzt reicht es, bis hierher und nicht weiter, hat er mich schon mit seiner nächsten Aktion überrascht.

Ich höre einen Pfiff quer durch meine Gedanken hindurch. Oben auf der Terrasse steht ein schlaksiger Bursche mit einer grünen Baseballkappe und einer Zigarette in der Hand. Er winkt mir zu.

Einen Moment, rufe ich, hole mein Handy aus dem Zimmer und gehe hinauf zu ihm. Er begrüßt mich auf Französisch. Ich verstehe nur, dass er Mahmud heißt.

Sorry, no French, sage ich.

Ich merke, wie er mich mustert, und als wir zu seinem Motorroller kommen, weiß ich auch warum. Ich bin groß, knapp eins neunzig, und habe ziemlich breite Schultern. So ein Beifahrer bedeutet sogar für den besten Motorroller der Stadt eine ziemliche Herausforderung. Beim Anfahren geht es zum Glück leicht bergab.

Wir fahren durch das Dorf, an einigen Bauernhäusern vorbei und folgen dann einer Stichstraße, die an einer Felsklippe hoch über dem Wasser endet. Mahmud stellt den Roller ab und wir gehen vor bis zum Rand. Im Fels sind nestartige Kuhlen zu sehen, alles voller Kot.

Das sind die Nistplätze der Ibisse, sagt Mahmud, gewöhnlich kommen sie aber erst in der Dämmerung zurück.

Er sucht den Himmel ab und zeigt plötzlich auf einen Punkt südlich von uns. Ich folge seinem ausgestreckten Arm, kann aber nichts erkennen.

Komm, sagt er und wir steigen wieder auf.

Auf der sandigen Piste am oberen Rand der Klippen kommen wir nur langsam voran. Immer wieder muss ich absteigen, weil sich ein Reifen im Sand eingegraben hat. Das Aufheulen des Motors und der Wind, der Geruch nach Diesel und Salz. Wieder zeigt Mahmud nach oben. Dieses Mal kann auch ich die Vögel erkennen. Ich versuche sie zu zählen, die Ibisse sind aber zu weit weg, sodass ich die dunklen Punkte nicht auseinanderhalten kann.

Wie viele Tiere sind es?

Vierundzwanzig, sagt Mahmud.

Ich versuche, die Ibisse nicht aus den Augen zu lassen. Sie scheinen zu landen, aber weit weg von uns.

Da vorne gibt es ein Steinfeld, sagt Mahmud, viele Geckos, auf die machen sie Jagd.

Die Klippe fällt ab. Noch ein Meeresarm, der sich ins Land hineinschneidet. Ein großer Entenschwarm treibt auf dem Wasser dahin, das Gefieder bräunlich glänzend, fast orange. Mahmud sagt mir den Namen der Vögel, auf Französisch, auf Englisch und sogar auf Latein, und weil ich ihn noch nie gehört habe, vergesse ich ihn auch gleich wieder. Da kommt Unruhe in die Enten.

Falken, sagt Mahmud und zeigt auf zwei dunkle Punkte, die wie Pfeile auf die Wasserfläche hinunterstürzen. Die Enten versuchen davonzukommen. Panisch machen sie zwei, drei Schritte über das Wasser, um Geschwindigkeit zu gewinnen, bevor sie mit kurzen Flügelschlägen flach aufsteigen. Ein helles Rauschen, ein

Geräusch wie im Märchen, wenn Hände in eine Truhe voller Edelsteine greifen. Die Falken scheinen die Qual der Wahl zu haben, und weil sie sich nicht für einen Vogel entscheiden können, gehen sie am Ende leer aus. Seelig sind diejenigen, die wissen, was sie wollen. Irgendwo da vorne muss mein Bruder sein.

Wir umfahren die Wasserfläche. Auf der anderen Seite steigen die Klippen wieder an. Mahmud muss den Motorroller schieben. Oben angekommen ist von den Ibissen noch immer nichts zu sehen.

Sie sind gelandet, sagt Mahmud, vertraue mir, noch zwei Kilometer, dann sind wir da.

Der Untergrund ist fest und wir kommen gut voran. Doch nach wenigen Minuten bleibt Mahmud wieder stehen.

Von hier aus müssen wir zu Fuß weiter. Wenn sie den Motor hören, sind sie sonst weg.

Er zündet sich eine Zigarette an, fragt mich, ob ich auch eine will. Ich winke ab, habe den Blick gerade nach vorne gerichtet, die Ibisse und mein Bruder, etwas anderes interessiert mich nicht, zu sehen ist aber noch immer nichts.

Eine seltsame Leidenschaft muss das sein, mit der Ornithologen seltenen Vögeln hinterherjagen. Sie sind Stunden und Tage und Wochen unterwegs, ohne die geringste Garantie, dass ihre Ausdauer auch belohnt wird. Wer zehntausend Stunden Japanisch lernt, spricht anschließend fließend die Sprache, wer zehntausend Stunden Klavier übt, spielt anschließend Schuberts Requiem, dass den Zuhörern die Tränen kommen, wer zehntausend Stunden einem seltenen Vogel nachjagt, kann aber vor einem leeren Ast enden. Hat aber etwas. Dass du trotz aller Anstrengung erfolglos bleibst und dir dennoch keiner einen Vorwurf machen kann. Ein Scheitern ohne versagt zu haben.

Da stößt mich Mahmud an. Keine fünfzig Meter vor uns sind die Vögel.

Langsam, deutet er mir und kommt ganz nah an mich heran.

Besser, du gehst allein, flüstert er mir ins Ohr. Ich warte dort drüben auf dich. Mach dich klein. Wenn du merkst, die Vögel werden unruhig, setz dich auf den Boden und beweg dich nicht.

Ein Gefühl ist das wie zuletzt in der Kindheit beim Indianerspielen. Anschleichen, ohne entdeckt zu werden. Ich mache keine richtigen Schritte, sondern schiebe den rechten Fuß ein kleines Stück nach vorne und ziehe den linken nach. Dabei lasse ich die Vögel nicht aus den Augen. Als ich die Hälfte der Distanz geschafft habe, werden sie unruhig. Ganz langsam lasse ich mich auf den Boden nieder. Das Kinn ziehe ich zur Brust, sodass die Ibisse statt meines Gesichts nur noch meine Haare sehen können. Als ich höre, dass sie sich beruhigt haben, blicke ich vorsichtig wieder auf und sehe sie mir erstmals genauer an. Schön sind sie wirklich nicht. Das dunkle Gefieder schillert zwar grün und blau, aber die Körper sind plump und der rote Kopf ist völlig nackt, so, wie man es von Aasgeiern kennt. Dazu der im Vergleich viel zu lange sichelförmige Schnabel, kein elegantes Tier, aber in seiner Hässlichkeit schon wieder interessant. Gibt es nicht einen ägyptischen Gott mit einem Ibiskopf? Muss ich nachschlagen. Irgendetwas Überirdisches haben die Vögel zweifellos. Wundert mich nicht, dass sie auch als heilige Tiere von Lalla Hawa herhalten müssen. Aber wo ist mein Bruder? Ich war mir sicher, dass er schon hier ist und die Ibisse um ihn herumstehen und ihm aus der Hand fressen, als wäre er Franz von Assisi. Außer mir ist da aber niemand.

Wie wir da gestern gleichzeitig in Ekstase gefallen sind, mein Bruder und ich, da ist etwas passiert. Wie wir uns da in einem Rhythmus bewegt haben, gab es nicht den geringsten Abstand zwischen uns. Uns trennte nicht der Bruchteil einer Sekunde und nicht ein Millimeter.

Ich versuche, mich im Sitzen weiter nach vorne zu schieben. Einmal drehe ich mich um und halte nach Mahmud Ausschau. Er lehnt im Schatten eines Felsens und raucht und zeigt mir seinen hochgereckten Daumen. Dabei schmunzelt er, als würde er mich nicht ganz ernst nehmen.

Jetzt war ich unaufmerksam und habe nicht mitbekommen, dass die Vögel nervös geworden sind. Einer flattert auf. Hoffentlich nicht das Leittier, falls es so etwas bei den Ibissen gibt, denn dann sind sie alle weg. Ich drücke wieder das Kinn an meine Brust und krümme mich zusammen. Für die Vögel müsste ich jetzt eigentlich ausschauen wie ein Stein. Das Flattern hört auch wirklich auf. Es sind vielleicht noch zehn, fünfzehn Meter bis zu dem Ibis, der mir am nächsten ist. Soll ich es dabei belassen? Ich halte den Kopf gebeugt und beobachte die Vögel von unten herauf. Sie sind zurückgewichen, und drei der Tiere lassen mich nicht mehr aus den Augen. Als wären sie abgestellt, um mich zu beobachten, damit die anderen ihre Nahrungssuche fortsetzen können. Ich lasse zehn Minuten vergehen. Anscheinend wittern die Ibisse keine Gefahr mehr, denn die drei Aufpasser sind jetzt auch wieder auf Geckojagd gegangen. Ich ziehe vorsichtig mein Handy aus der Tasche. Zumindest ein Foto sollte ich von den Ibissen haben. Ich schaue auf das Display. Die Vögel sind verschwindend klein, das Foto gibt so nichts her, ich bin einfach noch zu weit weg. Also weiter. Zentimeterweise schiebe ich mich nach vorne. Mahmud biegt sich wahrscheinlich schon vor Lachen. Muss auch ziemlich lächerlich aussehen, wie ich da auf dem Hosenboden über die Steine rutsche. Wieder einen Meter geschafft, ohne dass die Vögel zurückgewichen sind. So nah dran wie jetzt war ich noch nie. Noch einmal hole ich das Handy heraus. Ein tolles Foto ist das noch immer nicht, aber die Vögel sind zumindest als Vögel zu erkennen und nicht nur als schwarze Flecken. Als ich abdrücke, merke ich, dass ich vergessen habe, das Handy lautlos zu schalten. Das Klicken schreckt die Tiere auf. Sie stieben auseinander, stoßen sich ab vom Boden und fliegen davon. Erstaunlich behände und gute Flieger sind sie, dafür, dass sie sich so plump am Boden bewegen.

Da liegt ja jemand in einem schwarzen Kaftan und ganz klein zusammengekauert. Jetzt rappelt er sich auf, nimmt die Kapuze ab und dreht sich zu mir.

Hallo Bruderherz, das war der Wahnsinn, oder?

Wie hast du das gemacht, frage ich ihn.

Keine Ahnung. Ich habe mir von meinem Führer einfach die Stelle zeigen lassen, wo sich die Ibisse gewöhnlich ihr Abendessen suchen, und da habe ich mich hingelegt und gewartet. Irgendwann bin ich eingeschlafen, und geweckt hat mich ein Flattern, als die Ibisse rund um mich herum gelandet sind. Wenn mich die Tiere in ihre Nähe lassen, hat sich Lalla Hawa mit mir versöhnt, hat der Zeremonienmeister gesagt.

Freut mich für dich, sage ich.

Ja, sagt er, ist jetzt eine runde Sache, die Reise.

Mein Bruder hat sichtlich seine Freude daran, dass ihm nicht nur die Menschen zu Füßen liegen, sondern auch die Geister.

Wir stehen auf, beuteln uns den Staub aus dem Gewand und umarmen uns.

Ich bin zwar nicht so nahe an die Vögel herangekommen wie er, es scheint aber gereicht zu haben. Mich quält Lalla Hawa auch nicht mehr.

Plötzlich das Knirschen von Glas.

Was war das, fragt mein Bruder.

Deine Brille, sage ich und ziehe sie aus der Brusttasche meines Hemds. Durch unsere Umarmung ist das gesprungene Glas vollständig aus der Fassung gebrochen.

Du hast sie gefunden!

Mein Bruder kriegt sich gar nicht mehr ein vor Dankbarkeit.

You'll never walk alone, sage ich und sehe an seinem Blick, dass er weiß, worauf ich anspiele.

Du bist der Beste, sagt mein Bruder.

Hört sich gut an der Satz. Vor allem aus dem Mund meines Bruders. Und mit dem Atlantik als Zeugen. Wir schauen hinaus auf die heranbrechenden Wellen, und dann wenden wir uns um und gehen. Mahmud sieht uns verwundert nach. Dreimal ruft er mir etwas hinterher, und ich habe zuerst keine Ahnung, was er will. Wegen des Geldes kann es nicht sein, das habe ich ihm vorher beim Absteigen in die Hand gedrückt. Jetzt lässt der Wind kurz nach, und ich verstehe, was Mahmud ruft. Ob ich nicht zurückfahren möchte mit ihm, zu Fuß sei es zu weit.

Komischer Kauz. Er sieht doch, dass ich mit meinem Bruder unterwegs bin. Zu dritt haben wir doch keinen Platz auf dem Motorroller. Denkt er vielleicht, ich lasse meinen Bruder hier allein zurück? Jetzt geht er endlich zu seinem Motorroller. Ich beobachte ihn, wie er startet und in einer Sandwolke verschwindet. Der Sand legt sich, das Motorengeräusch wird leiser und verstummt schließlich ganz. Endlich sind wir allein.

Wohin jetzt, frage ich meinen Bruder.

Er setzt sich die Brille auf und sieht mich durch die leere Fassung an.

Gute Frage, sagt er und hält die Nase in die Luft, als würde er eine Witterung aufnehmen.

Da lang, sagt er, und wir gehen los.

Erste Auflage

www.editionatelier.at
ISBN 978-3-903005-14-3
E-Book ISBN 978-3-903005-92-1

Mit freundlicher Unterstützung der Kunstförderung des Bundeskanzleramtes Österreich und des Literaturreferats der Stadt Wien, MA7